Hrsg. Sina Blackwood

GRÜN

mal

anders

AF210730

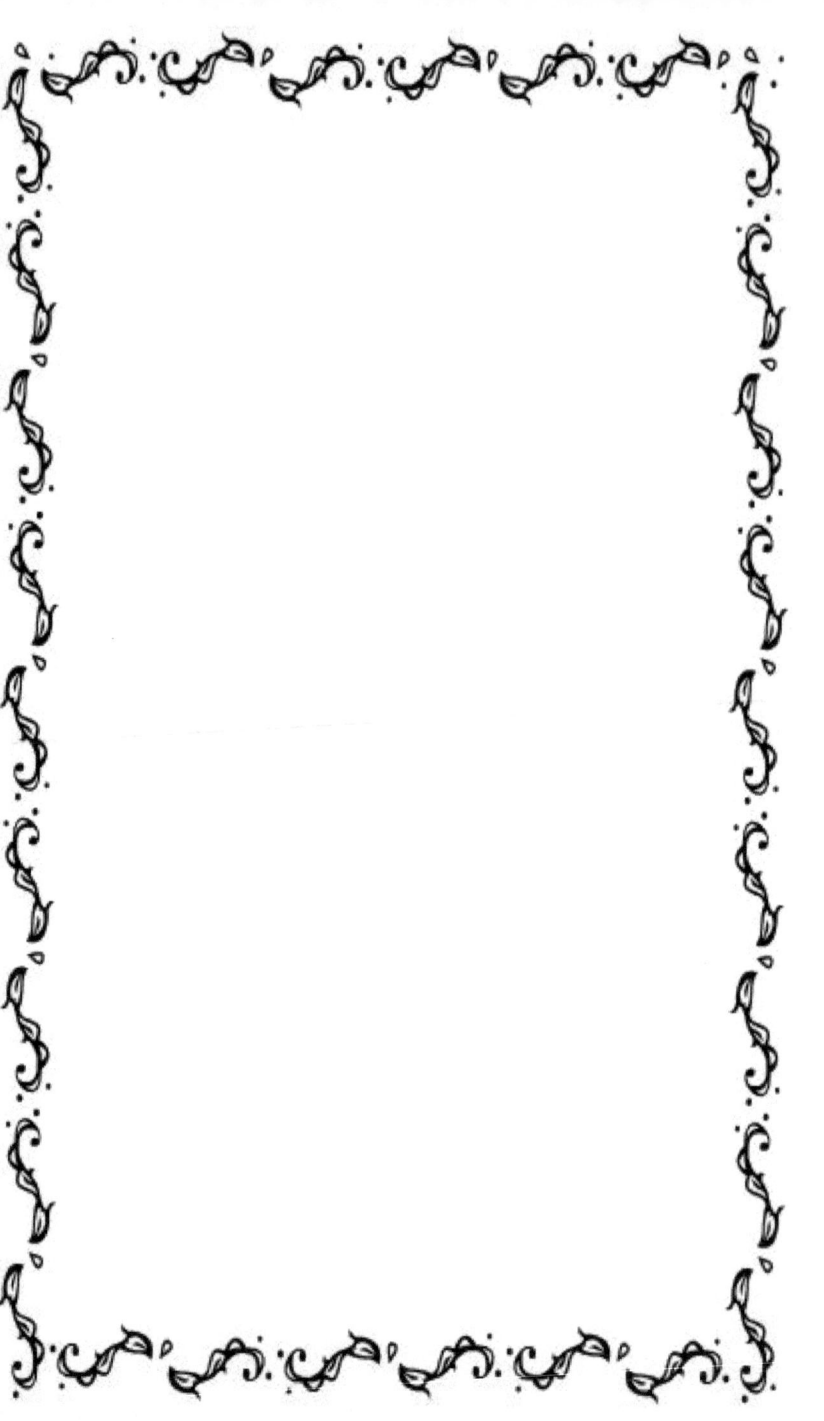

Bibliografische Informationen der Deutschen Nationalbibliothek:
Die Deutsche Nationalbibliothek verzeichnet diese Publikation in der Deutschen Nationalbibliografie; detaillierte bibliografische Daten sind im Internet über https://dnb.de abrufbar.

© 1. Auflage Februar 2024
Herausgeberin Sina Blackwood

Coverbild:	Sina Blackwood
Umschlaggestaltung:	Sina Blackwood
Layout:	Sina Blackwood

Geschichtenzauber® Edition

Herstellung und Verlag:
BoD – Books on Demand, Norderstedt
ISBN: 9783757810955

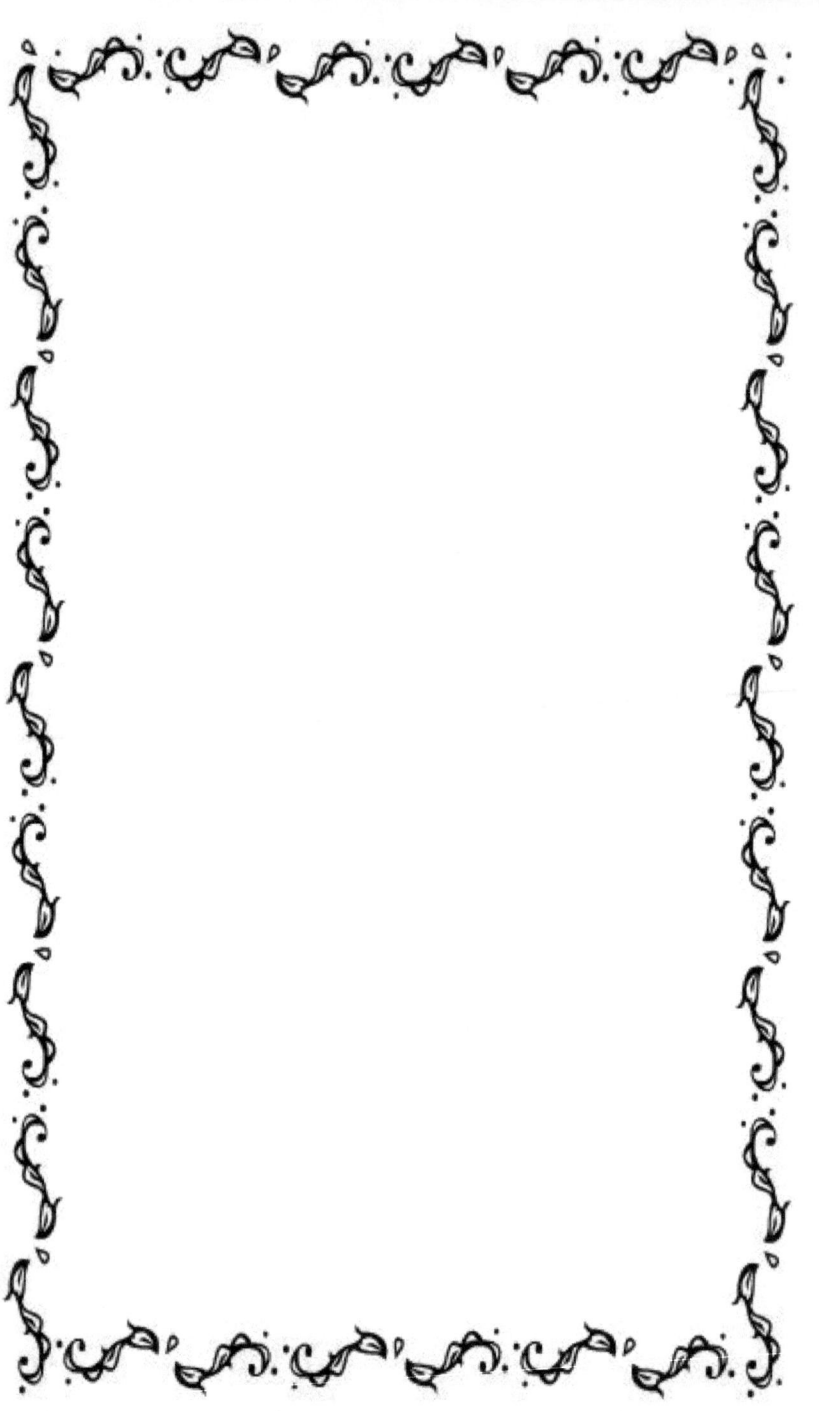

ෆ * ෆ * ෆ * ෆ * ෪ * ෪ * ෪ * ෪

GRÜN mal anders

ෆ * ෆ * ෆ * ෆ * ෪ * ෪ * ෪ * ෪

Inhaltsverzeichnis

Jana Heidler

Frankensteins Gemüse

„Jaaa! Es lebt!", rief er aus und ließ ein Lachen folgen, das eines verrückten Wissenschaftlers würdig war. So viele Jahre hatte er bereits geforscht, allein schon, bis er ins experimentelle Stadium eintreten konnte. So viele Niederlagen hatte er hinnehmen müssen, bis zu diesem denkwürdigen Moment.

Vor ihm auf seinem Versuchstisch lag eine Gurke. Im ersten Augenblick wirkte jene wie ein ganz normales Gemüse – grün, frisch, knackig und lecker anzusehen. Doch sie krümmte sich. Nein, sie war nicht gekrümmt, sondern sie wand und bog sich wieder und wieder wie unter Schmerzen.

Einige Minuten beobachtete er nun das Schauspiel. Zuerst stellte er nichts Ungewöhnliches fest (außer der sich bewegenden Gurke natürlich), doch mit der Zeit fielen ihm mehr und mehr Veränderungen auf: Zwei Augen öffneten sich allmählich in dem Gemüse. Ein Mund bildete sich und kleine, spitze Zähne wuchsen darin. Schließlich hörte die Gurke auf, sich zu biegen, grinste ihn breit an und zwinkerte ihm zu.

Er war vollauf begeistert, hatte er doch schon derart viele Versuche mit anderen Früchten gewagt, die allesamt fehlgeschlagen waren: Tomaten hatten sich rasch in Sauce verwandelt. Kartoffeln waren durch die Stromstöße zu Brei oder zu (zugegebenermaßen sehr bekömmlichen) Pommes frites geworden. Blumenkohl hatte lediglich gedampft und war zu Asche zerfallen.

Und jetzt endlich dieser Erfolg! Das Letzte, was er im Kühlschrank gefunden hatte, war diese Gurke. „Warum hat es damit funktioniert?", dachte er und sprach dann zu sich selbst: „Vielleicht liegt es am Chlorophyll? Dem muss ich nachgehen! Und dann kann ich endlich meine Geliebte ins Leben zurückholen, wenn sie möglicherweise auch grün sein wird." Er konnte den Triumph beinahe schmecken und ließ ein weiteres Mal sein verrücktes Lachen erschallen.

Ein Grummeln in der Magengegend riss ihn aus seinen Gedanken und erinnerte ihn daran, dass er lange nichts mehr gegessen hatte. Jetzt blickte er hungrig auf die Gurke und überlegte laut: „Wenn ich die jetzt seziere, kann ich sie danach als Salat genießen."

Das Grünzeug schien zu ahnen, was er vorhatte, und knurrte ihn leise aber entschlossen an.

Schnell fasste er zu und zog seine Hand umgehend mit einem Schmerzensschrei zurück. Die Abdrücke kleiner, jedoch nadelspitzer Zähne zierten seinen Zeigefinger. Blut quoll daraus hervor. Das bissige Gemüse lachte bitter und knurrte erneut. Sein Magen stimmte in das Knurren ein. Die Gurke sah aber auch zu lecker aus. Aber er wusste, dass sie ihm nicht bekommen würde.

Hätte er den Versuch doch lieber mit grünem Paprika durchgeführt. Den mochte er wenigstens nicht.

Lenard James Cropley

Gestern / September

Gestern blühten die Bäume
Heute tragen sie Früchte
Morgen wird ihr Laub fallen

September

Der Tag besteht
aus Regentropfen.
Grün und nass
kalt und grau.
Der Nebel zieht
über die Wälder.
Darin wachsen
lautlos die Pilze.
Tief atme ich
den Herbst ein.

Sina Blackwood

Leidenschaft

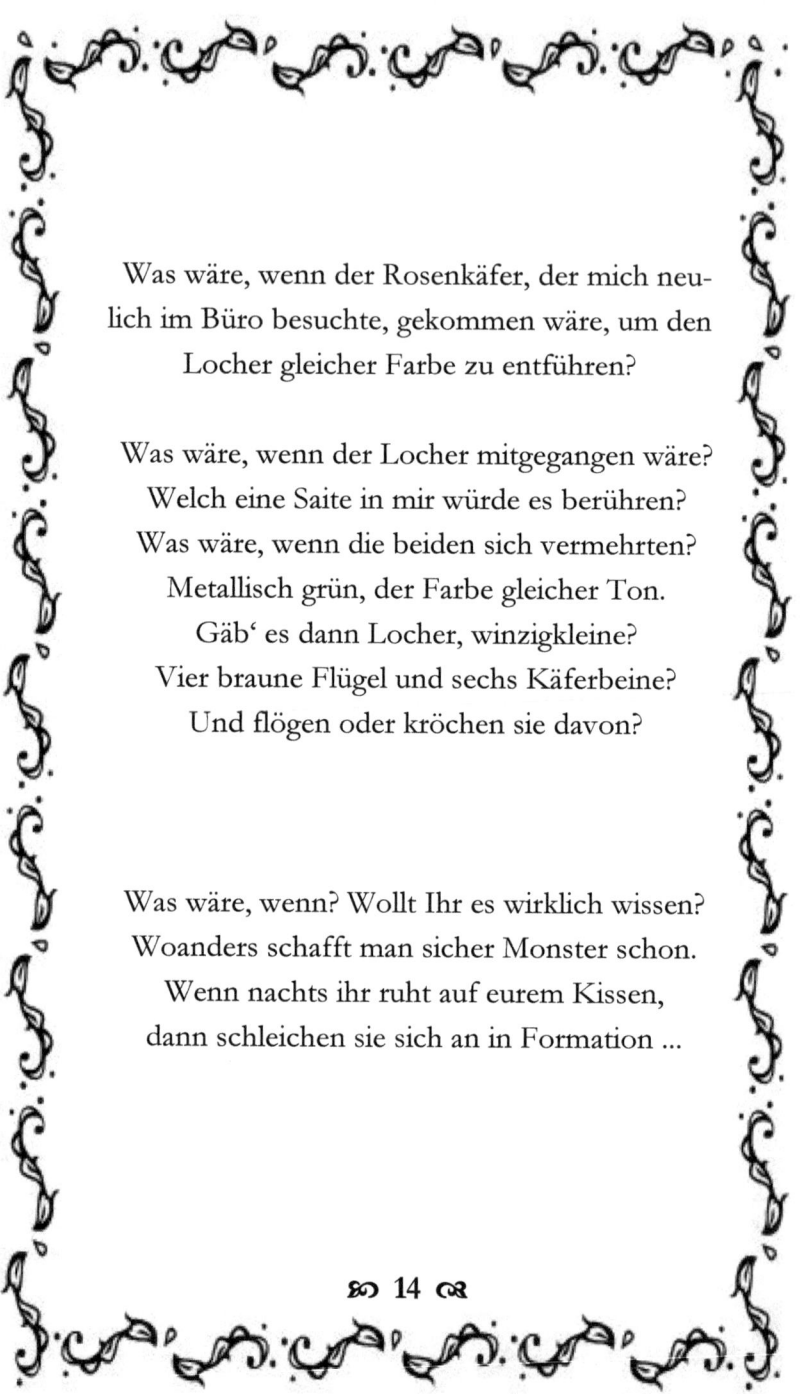

Was wäre, wenn der Rosenkäfer, der mich neu-
lich im Büro besuchte, gekommen wäre, um den
Locher gleicher Farbe zu entführen?

Was wäre, wenn der Locher mitgegangen wäre?
Welch eine Saite in mir würde es berühren?
Was wäre, wenn die beiden sich vermehrten?
Metallisch grün, der Farbe gleicher Ton.
Gäb' es dann Locher, winzigkleine?
Vier braune Flügel und sechs Käferbeine?
Und flögen oder kröchen sie davon?

Was wäre, wenn? Wollt Ihr es wirklich wissen?
Woanders schafft man sicher Monster schon.
Wenn nachts ihr ruht auf eurem Kissen,
dann schleichen sie sich an in Formation ...

Lenard James Cropley

Betrachtung

Es ist schon seltsam,
in einem
Einkaufscenter
mit der Rolltreppe
hochzufahren und
eine große gelbe
Aufschrift sagt zu dir:
Spring!
Es bleibt
das mulmige Gefühl,
auch wenn es nur
die englische Deko
für den nahenden
Frühling ist ...

Iris Fritzsche

Drei grüne Gedanken

Der alte Mann

Es ist ja schon lange bekannt, dass es einen Zusammenhang zwischen Farbwahl und psychologischer Aussage gibt. Rot steht für Liebe und Wut, Gelb für Eifersucht, Blau für Ruhe. So weit so gut. Alles das sind Originalfarben. Doch wie steht es mit den Mischfarben? Nehmen wir mal Grün. Das wird aus Blau und Gelb gemischt. Ergo müsste es ein Eifersucht/Ruhe-Mix sein. Steht aber für Ausgeglichenheit. Woher ich das weiß? Tja, wie schon ein alter Schlager trällerte: „Meine Bildung hab ich aus dem Fernsehen." Daher hab ich auch eine Erklärung für das Zustandekommen der Farbe Grün.

Das war nämlich so: In dem Zeichentrickfilm „Die Erschaffung der Welt" gab es einen alten Mann. Er trug Flipflops, Badelatschen oder etwas Ähnliches. Bekleidet war er mit einem langen weißen Hemd, welches ihm bis zu den Knöcheln reichte. Er hatte einen Vollbart und über dem Kopf schwebte eine runde Leuchte. Es war aber nicht zu erkennen, wie sie dort befestigt war. Sie schien zu schweben. Wie der alte Herr hieß? Weiß ich nicht mehr. Jedenfalls stand er auf einem unsichtbaren Untergrund. Neben ihm ein Eimer mit Farbe. In der Hand hielt er einen Pinsel. Damit malte er die Decke über sich in einem leuchtenden Blau an. Anschließend tauchte ein zweiter Farbeimer mit gelber Farbe auf. Damit malte er an das Blau, welches nun als Himmel erkennbar war, eine gelbe Sonne.

Bei dieser Malerei kleckerte er ganz schön. Dann stolperte er auch noch über seine Farbeimer. Und weil er ein ordentlicher Mann war, wollte er natürlich aufwischen. Dabei vermischte sich die blaue Farbe mit der gelben. Daraus bildete sich das erste Grün.

Das schien dem alten Herrn so gut zu gefallen, dass er den gesamten Boden grün anstrich. Auch die Bäume und vieles andere, was er später erscheinen ließ, erhielt einen grünen Anteil. Nur als er zum Schluss noch zwei Menschlein hinzufügte, schien ihm Grün unpassend. Was für ein Glück!

Alltag

Ich liege auf dem Sofa und genieße das Wochenende. Dazu gehört Musik von einer Schallplatte. „Es grünt so grün ...", trällert das Blumenmädchen Elisa Doolittle aus der Operette My fair Lady. Ich mag Operetten. Diese habe ich vor vielen Jahren in Cottbus auf der Bühne gesehen. Daher weiß ich, für Elisa ist es eine Stimmübung, die ihre Aussprache verbessern soll. Doch sie hat absolut recht! Grün ist eine der am häufigsten in der Natur vorkommenden Farben. Klar, das hängt mit den biologischen Dingen zusammen, Photosynthese und so. Haben wir ja alle in der Schule gelernt.

Aber das Grün als Begriff kommt auch sonst recht häufig in unserem Sprachgebrauch vor. Worte wie „bist ja noch grün hinter den Ohren" oder „er ist dir nicht grün" hat sicher jeder schon einmal vernommen. Warum aber spielt gerade Grün für uns so eine große Rolle? Nun, es umschließt ein immenses Spektrum zwischen Unreife und Schönheit.

Nehmen wir nur den Frühling. Für viele die schönste Jahreszeit. Nach dem langen, kalten

Winter mit seinem tristen Weiß kommt wieder Farbe in die Welt. Blätter sprießen. Das Wachstum der Früchte beginnt. Alles in Grün. Später wechselt es in viele andere Farben.

Nur die Gurke bleibt grün! Sie hat es nicht nötig, ihre Farbe zu verändern, um uns zu sagen, dass sie reif ist. Hier setzt unser uraltes Wissen über den Lauf der Natur ein. Es signalisiert uns anhand der Größe die Essbarkeit und den Reifezustand. Die Gurke muss sich dabei keine Mühe geben. Schließlich essen wir sowohl kleine als auch große Gurken. Und das in vielerlei Geschmacksrichtungen, sauer eingelegt, geschmort oder sogar roh. Na ja, viel Eigengeschmack hat sie ja eh nicht. Den erzeugen wir erst durch verschiedene Würzungen. Deshalb ist nicht schlimm, dass die Gurke grün bleibt.

Dafür gibt es andere Früchte, die zwar im Reifezustand nicht so aussehen, aber grün schmecken. Wie grün schmeckt? Also ich würde es, als stumpf quietschig beschreiben. Beißt zum Beispiel mal in eine Sternfrucht. Dann wisst ihr vielleicht, was ich meine.

Klar gibt es auch andere Früchte, die grün aussehen, trotzdem gut schmecken. Dazu fällt mir meine Lieblingsapfelsorte ein. Granny Smith heißt sie. Grasgrün, aber voll lecker und saftig.

Nicht vergessen sei auch das aktuelle Superfood Algen. Die werden schon oft verwendet. Ich habe sie am liebsten als Salat von der Fischtheke. Doch sie finden auch gemahlen als Zusatz in verschiedenen Mehlen Verwendung. Alles Früchte oder Gemüse in Grün!

Im Tierreich ist die Farbe meiner Meinung nach nicht so oft zu finden. Also mir fallen da nur Frösche, Papageien und einige Fischarten ein.

Technisch gesehen gibt es grüne Ampeln, Autos, Zäune, Haus- und andere Türen, Stühle, Tische, Sofas. Und auf Letzteres werde ich mich jetzt wieder legen und über die Farbe Grün nachdenken, bis ich Grünspan ansetze.

Cinema

Nachdem ich letztens diesen Film im Fernsehen gesehen hatte, fiel es mir wie Schuppen von den Augen. Die Psychologen logen! (Ja, ich weiß. Der Witz hat `nen langen Bart. Passt aber immer wieder.) Genau wie die Meteorologen. Nur Letztere sind dieses Mal ausnahmsweise unschuldig.

Doch zurück zu den Psychologen. Wie ich darauf komme, dass sie logen? Ganz einfach, bei der Zuordnung der Farben. Die haben doch da so ein System, wo sie Farben verschiedene Wirkungen auf die menschliche Psyche zuordnen. Hab ich schon mal erwähnt. Muss es aber an dieser Stelle erneut tun.

So soll Rot eine warme Farbe sein und Blau eine Kühle ausstrahlen. Und Grün? Wofür stand das? Angeblich für eine beruhigende Wirkung. Aber genau das kann nicht stimmen!

Also, um noch mal auf den Film zurückzukommen. Die Story erzählte von einem Wissenschaftler, der eine ganz tolle Entdeckung gemacht hatte. Es handelte sich um eine Flüssigkeit. Dann gab es einen Laborunfall und er kam mit seiner Superflüssigkeit körperlich in Kontakt. Zuerst passierte gar nichts. Als er sich aber dann wegen etwas fürchterlich aufregte, veränderte er sich. Er wurde ganz GRÜN! Und wütend, platzte aus den Sachen und kriegte Mega-Muckis. Anschließend lief er durch die Stadt und zerdepperte alles, was ihm in den Weg kam.

Das dauerte solange, bis er ausgepowert war und sich wieder beruhigte. Danach kehrte er in seine normale Gestalt zurück. Als er sich erneut aufregte, ging das ganze Spiel von vorne los. Der Kerl in Grün nannte sich übrigens Hulk. Na egal. Der Name ist dabei nur Beiwerk.

So viel zu der beruhigenden Wirkung von Grün!

Nun steht für mich die Frage im Raum: Könnte so etwas auch außerhalb der Filmwelt passieren? Man weiß ja nie, was da so alles an Chemie im Essen drin ist. Und es gibt mehr als genug Situationen, in denen auch ich mich fürchterlich aufrege. Hat sich irgendwann vielleicht die richtige Dosis chemisches Zeugs in meinem Körper angesammelt, um eine ähnliche Reaktion auszulösen?

Lenard James Cropley

Jahresringe

Ihr hegt und pflegt mich
und ich spende euch Schatten.
Die Kinder und Enkel derer,
die mich pflanzten,
ernten nun meine Früchte.

Wie könnt ich all den Regen,
die Hitze, den Schnee, das Leid
und die Freude vergessen?
Gemeinsam feierten wir:
im Frühjahr, Sommer
und Herbst, selten im Winter.
Und wir weinten um die,
die einst den Tod fanden.

Die Spechte und Drosseln,
die Hasen und Füchse
erzählten mir von der Ferne,
die ich nie erreichen werde.
So sehr ich mich auch bemühe, meine
Äste in den Himmel wachsen zu lassen.

Nah meinen Wurzeln esst ihr und lacht.
So tanzt ihr denn auch, ich stehe da und
weiß nicht, wie viele Kerzen für mich
leuchten könnten.

Und ihr werdet es nur
herausfinden, wenn ihr Axt und Beil
holt, um sie in meine Rinde zu schlagen.
Dann welkt mein Laub ein letztes Mal.

Arno Zirm

Mein Freund im Walde

Hab mich ja heut ein wenig beeilen müssen. War ich doch ermahnt worden, nur ja pünktlich zu sein. Nun denn, seinen Freund lässt man nicht warten. Auf gehts in den grünen Wald. Sitze nun also hier oben bei ihm, zur rechten Zeit, doch heftig atmend. Kurz nur und formlos war die Begrüßung, wie es sonst nicht seine Art ist.

Und heftig hervorgestoßen sind nun die Worte.

„Da! Hab ich es nicht gesagt? Da ist er wieder! Geht nun wohl schon die zweite Woche so. Kommt heraus aus dem Städtchen in nervtötender Regelmäßigkeit. Her zu uns hier in den Wald. Und spricht Gewichtiges. Ha! Seit ein paar Tagen ist Neues in Arbeit. Über mein Volk. Das solltest du hören. Nun aber! Sieh ihn dir an! Hübsch zerzaust ist er, nicht wahr?"

Wie er es immer tut, wenn er aufgeregt ist, hüpft mein gefiederter Freund nach einer Handvoll Sätzen auf einen anderen Ast. Wie immer erschreck ich ein wenig.

„Aber nicht das ist es, was mich so aufregt. Hören musst Du ihn. Hööören! Trriiillltiktik!"

Eine bestimmte Bewegung muss es wohl sein, die ich mache, wenn er in seine Sprache fällt.

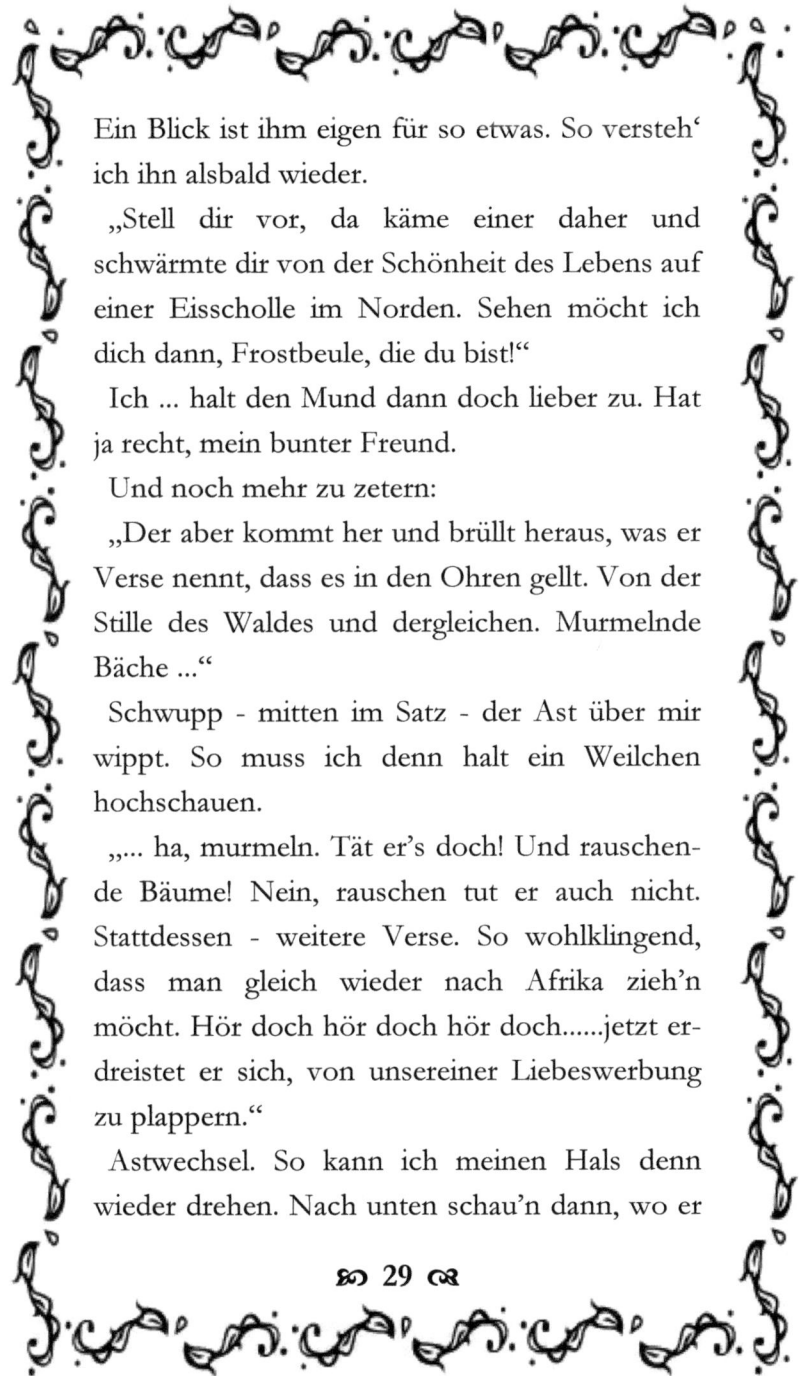

Ein Blick ist ihm eigen für so etwas. So versteh'
ich ihn alsbald wieder.

„Stell dir vor, da käme einer daher und
schwärmte dir von der Schönheit des Lebens auf
einer Eisscholle im Norden. Sehen möcht ich
dich dann, Frostbeule, die du bist!"

Ich ... halt den Mund dann doch lieber zu. Hat
ja recht, mein bunter Freund.

Und noch mehr zu zetern:

„Der aber kommt her und brüllt heraus, was er
Verse nennt, dass es in den Ohren gellt. Von der
Stille des Waldes und dergleichen. Murmelnde
Bäche ..."

Schwupp - mitten im Satz - der Ast über mir
wippt. So muss ich denn halt ein Weilchen
hochschauen.

„... ha, murmeln. Tät er's doch! Und rauschen-
de Bäume! Nein, rauschen tut er auch nicht.
Stattdessen - weitere Verse. So wohlklingend,
dass man gleich wieder nach Afrika zieh'n
möcht. Hör doch hör doch hör doch......jetzt er-
dreistet er sich, von unsereiner Liebeswerbung
zu plappern."

Astwechsel. So kann ich meinen Hals denn
wieder drehen. Nach unten schau'n dann, wo er

kommt, der Dichtersmann, der wackere. Und lauschen ...

„Hast es gehört? Und genossen? Hübsch, nicht?"

Ja, ich habe. Wie mag man das je wieder aus den Ohren bekommen:

> „Der Vogelmann, er tirilieret laut,
> auf dass ihn höre seine liebe Braut.
> Sie eilt herbei mit schnellen Flügelschlägen,
> denn seinem Werben ist sie gleich erlegen."

Schade, am Baum nebenan sind schöne, kernige Zapfen. Herüberreichend bis ans Ende des Astes, auf dem ich sitze. Doch da wag' ich mich nicht hin. Bin etwas schwerer als mein Freund. Hab ich denn nichts zum Werfen ...

„Keine Ahnung, der Quatschkopf, keine Ahnung! Gleich erlegen - ha, dass ich nicht. Die Seele aus dem Leib schreien muss ich mir erst, und das ein paar Tage, bis eine von den ..."

Schwirr. Wo ist er denn – ach da.

„... Damen überhaupt erst einmal sitzen bleibt für eine Weile, geschweige denn und die anderen Kerls sind ja auch nicht faul. Feste Regeln gilt es dabei einzuhalten in Ton und Rhythmus, nicht alles ist uns innewohnend, was dazu vonnöten ist.

Euresgleichen aber nennt's dann Gesang und findet's schön. Ha! Arbeit ist's, nichts weiter, sag ich dir, Arbeit, und keine leichte".

Ja ja, ein kleines Schlitzohr, das ist er schon. Er weiß natürlich, dass sich wirklich gut anhört, was er abliefert als sauberes Stück Arbeit. Ich sag's ihm dann auch in aller Form, das versteht sich wohl. Doch hält ihn das nicht ab, mich weiter hinzuweisen auf die durch den Wald schallenden Perlen der Dichtkunst.

„Pass auf nun, es mag dir sonst eine besonders schöne Stelle entgehen!"

Der Dichter indes spürt wohl, dass hier unter unserem Baum ein geeigneter Ort zum Rezitieren ist:

> „Sodann fliegt unser Vogelmann
> herum und zeigt ihr, was er kann.
> Spreizt sein Gefieder, bunt und schön,
> sie tut es mit Vergnügen seh'n."

Nur gut, dass er kein Adler ist, mein aufgeplusterter Freund. Wo er sich doch eben in eine gelinde Wut hineinsteigert.

„Sowas von dämlich, der Kerl, nicht auszuhalten. ‚Mit Vergnügen sehn‘ - ha! Schwachsinn! Ich muss ganz einfach zeigen, was ich darstell‘, ob gut im Futter ich steh und dergleichen Dinge. Währenddessen aber denkt sie nichts als: ‚Lass doch seh’n, kann dieser da mich und unsere Brut wohl sicher versorgen?‘. Dieser Worteverknoter aber schwadroniert vom Liebestanz in der Luft!“

Freilich hab ich das gewusst auf meine Weise, was er mir hier vorschimpft. Doch wollt‘ ich es so genau wissen? Unsereins neigt halt zum vergoldenden Blick.

Hab mir dessen ungeachtet dann aber weiterhin die Auslassungen des Dichterfürsten angetan. Nebenbei, doch mit Erstaunen bei mir die Fähigkeit entdeckend, Lautäußerungen des Weinens und des Lachens gleichermaßen gut unterdrücken zu können.

Ach, wie hat mein Freund noch wettern können im Weiteren. Und zu merken war es wohl, wie es ihm gutgetan. Musst‘ er doch als Hohn auffassen Vieles, obgleich es sicherlich nur unbedacht gewesen. Im Besonderen, als der Verseschmied zu Nestbau und Nachwuchs geschwafelt. Nichts aber sagte von den Gefahren des Waldes. Gut, dass ich zur Stelle war, meinem Freund zuzuhören. Froh aber auch dann, als der fleißige Verseschreier seine Schritte nach Haus gelenkt. So dass ich mich dann ebenfalls in geziemender Form verabschieden konnte.

Bin dann vorsichtig, weil etwas steif, vom Baum geklettert und recht still nach Haus gegangen. Hab auch das Gefühl des „nochmal Glück gehabt" gespürt. Hatte nämlich vorweg nichts der Art gesagt, dass er doch ein glückliches Wesen sei, da er anders als unsereins, sich ergehen kann im Grün von Wald und Flur, vergnüglich und unbeschwert. Sich auch nicht kümmern braucht um Fahrkosten und Verbindungen heraus aus der Stadt, der lärmerfüllten, naturfremden. Da hätt' ich wohl doch diese oder jene Bemerkung einstecken müssen vom Spitzzüngigen.

Unsere Freundschaft wär freilich daran nicht zerbrochen. Er weiß die Worte wohl zu setzen in der Art, dass sie der Person angemessen. Und nicht schaden, wo sie nicht schaden sollen. Aber die Ohren gefärbt mit sattem Rot hätt' es mir wohl. Das kann er gut, mein gefiederter Freund, und den passenden Blick dazu hat er dann.

So hab ich denn gezeigt bekommen, dass es wichtig ist mitunter, zuzuhören, hintanstellend das Eigene, und bevorzugt zu ernsteren Anlässen als hier beschrieben.

Und zu schauen, hin und wieder im Kreis der Lieben oder Bekannten, ob denn Bedarf bestehe oder geworden ist an einem Zuhörenden. Sind wechselhaft, die Lebensumstände, weshalb man die Aufmerksamkeit nicht verkümmern lassen sollte.

Und bedarf man nicht zu Zeiten auch der Aufmerksamkeit anderer?

Lenard James Cropley

Sommerende

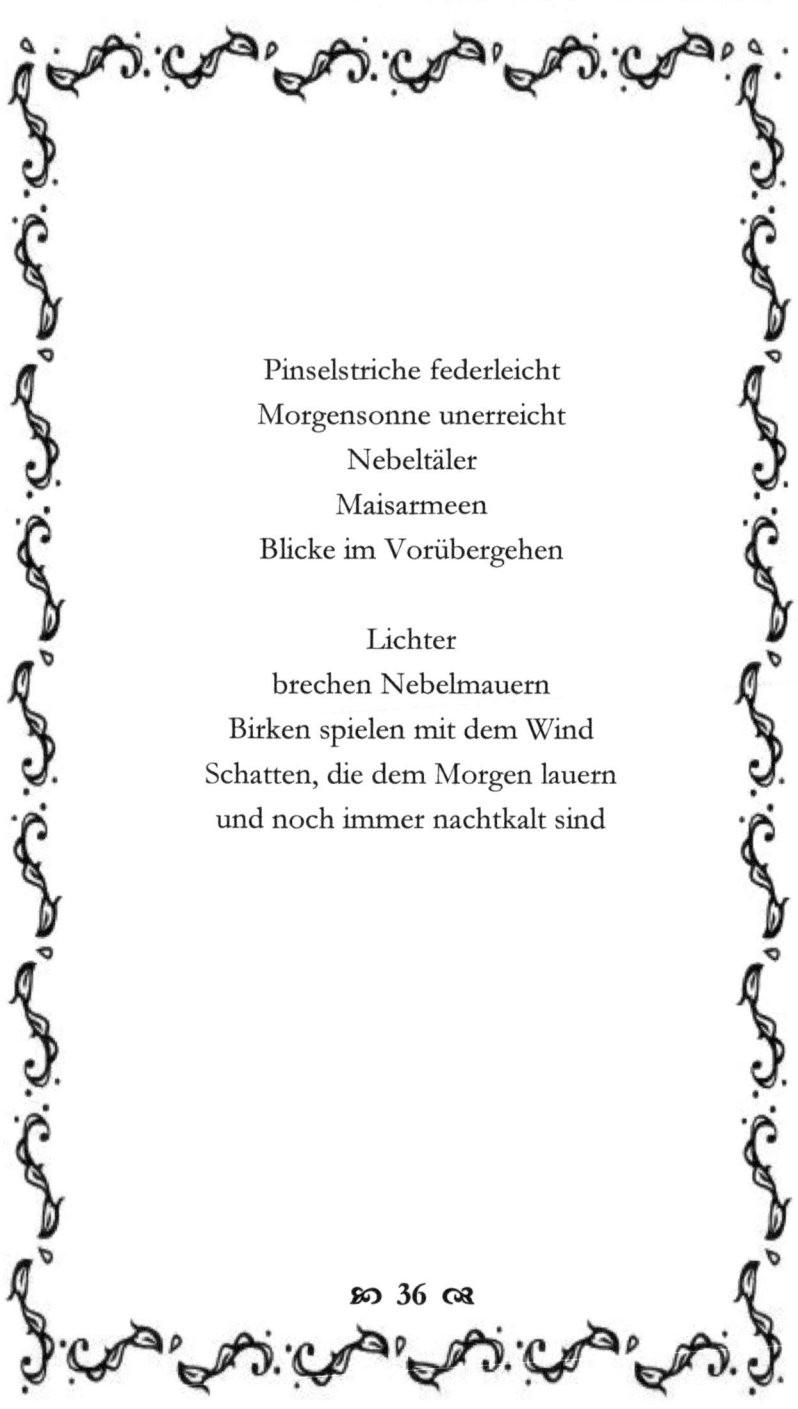

Pinselstriche federleicht
Morgensonne unerreicht
Nebeltäler
Maisarmeen
Blicke im Vorübergehen

Lichter
brechen Nebelmauern
Birken spielen mit dem Wind
Schatten, die dem Morgen lauern
und noch immer nachtkalt sind

Sina Blackwood

Der kleine grüne Kaktus

In den siebziger Jahren nannte meine Mutter eine umfangreiche Kakteensammlung ihr Eigen. Die Bretter, auf den die Töpfe standen, waren zwischen den Flügeln der Doppelfenster auf der Südseite der Villa angebracht. Das heißt, sie lagen lose auf zwei Querstegen links und rechts. Es gab Mammilarien, deren unterschiedliche Arten mit Borsten und oder Haaren bedeckt waren, und die in jedem Jahr ganze Kränze winziger wundervoller pastellfarbener Blüten hervorbrachten. Aber auch Sternkakteen, Echinocacteen und sogar eine Opuntie waren vertreten.

Und Letztere haben es, wie Kakteenfreunde wissen, in sich, denn die Glochidien der imposanten Gewächse sitzen ziemlich locker, haben meist Widerhaken und lassen sich schwer entfernen, falls man unvorsichtigerweise die Pflanzen berührt. Es kam also manchmal zu kleinen eitrigen Blasen, wenn Blütenreste entfernt werden mussten, damit die stattliche Pflanze wieder in voller Schönheit prangte. Es heißt ja schon in dem altbekannten Lied vom kleinen grünen Kaktus: „Dann hol‘ ich meinen Kaktus und der sticht, sticht, sticht." Eine Warnung, die man durchaus sehr ernst nehmen sollte, den die Stacheln mancher Arten bringen es auf mehrere Zentimeter Länge.

Opuntien sind dafür bekannt, ganze Büsche zu bilden, indem sie an den bei vielen Arten scheibenförmigen Gliedern immer neue ovale Glieder treiben. Ich habe auch eines dieser grünen Monster in meiner eigenen Sammlung, dem ich äußersten Respekt zolle, obwohl es gerade mal dreißig Zentimeter hoch ist.

Nun ist meine Mama sehr klein, wodurch sie stets auf die Fußbank steigen musste, um ihre Sammlung zu gießen oder zu pflegen. Und da lauerte das Verhängnis – sie traf mit dem Fuß nicht genau die Standfläche, die Fußbank kippte und meine Mutter versuchte, sich an einem der Kakteenbretter festzuhalten, ausgerechnet da, wo die Opuntie stand. Nur lose aufgelegt, kippte eben auch das Brett und die Opuntie landete punktgenau auf dem Dekolleté meiner Mama. Sie musste die komplette Kleidung, inklusive Unterwäsche, wegwerfen, die getroffen worden war, denn die winzigen Glochidien steckten überall und ließen sich nicht entfernen. Auch nicht aus der Haut. Selbst nach Wochen eiterten immer noch kleine gemeine Widerhaken heraus.

Und es war eine diffizile Arbeit gewesen, die vielen abgestürzten stacheligen Gesellen einzusammeln und wieder einzutopfen.

Ich halte es mit meiner Sammlung wie in einer anderen Zeile des niedlichen Liedes: „Mein kleiner grüner Kaktus steht draußen am Balkon." Und im Winter auf dem Fensterbrett. Ich bin nämlich auch sehr klein und möchte auf gar keinen Fall die Bekanntschaft mit einer fliegenden Opuntie machen. Mutters Dilemma war mir eine Lehre fürs Leben.

Lenard James Cropley

Am Straßenrand

Klein, weiße Dauerwelle, beige Hose, grauer Parka, ein Krückstock in der rechten Hand. Mühsam läuft sie den Fußweg entlang und kommt nur langsam voran. Da unter dem Baum bückt sie sich mühevoll, hebt etwas auf und grinst verschmitzt. Sie steckt die grüne stachlige Kugel, aus der etwas Braunes hervorschaut, in ihre Jackentasche. Dann atmet sie durch, geht weiter und lächelt von da ab die ganze Zeit.

Iris Fritzsche

Interview mit einem Fremden

Reporter:	Herzlich willkommen, Herr?
Fremder:	Nennen Sie mich John. Das ist vermutlich für beide Seiten entspannter.
Reporter:	Prima! Also John, Sie wurden mir von der Redaktion so geheimnisvoll angekündigt. Was können Sie mir zu unserem heutigen Thema: ‚Die Vielseitigkeit der Farbe Grün' erzählen?
John:	Oh, eine ganze Menge. Ausgehend vom Thema kann ich zunächst einmal bestätigen, dass diese Farbe ein breites Spektrum umfasst. Und das nicht nur auf der Erde.
Reporter:	Wie meinen Sie das? Wollen Sie andeuten, es gäbe eine Verbreitung der Farbe Grün auch auf anderen Planeten unseres Sonnensystems?
John:	Nicht in Ihrem Sonnensystem.
Reporter:	Nicht in unserem Sonnensystem? Sind Sie Astrobotaniker von Beruf?

John: Nein, oder ... vielleicht doch ... ir-
            gendwie.

Reporter: Na, Sie machen es ja spannend. Ich
            glaube, unsere Zuschauer platzen
            schon vor Neugierde. Erzählen Sie
            uns mehr darüber. Wer sind Sie?
            Woher haben Sie Ihr Wissen?

John: Man hat Ihnen wirklich nicht ge-
            sagt, wer ich bin und woher ich
            komme?

Reporter: Nein. Mein Redakteur deutete nur
            an, dass dieses Interview eine Welt-
            sensation werden würde.

John: Aha! Dann lassen wir die Sache mal
            ganz ruhig angehen. Sehen Sie mich
            bitte genau an. Was meinen Sie, aus
            welchem Land ich stamme?

Reporter: Nun, Ihre Haut ist dunkler als mei-
            ne. Könnte also ein warmes Land in
            Asien oder Afrika sein. Aber es ist
            kein bräunlicher Ton. Bilde ich mir
            das ein, oder hat ihre Haut einen
            grünlichen Schimmer?

Hm, dann kommt vielleicht auch der brasilianische Urwald in Betracht. …. Doch ich sehe sie die ganze Zeit den Kopf schütteln. Kann demzufolge nicht richtig sein. Ich gebe auf! Bitte verraten Sie uns des Rätsels Lösung.

John: (Grinsend) Nun, Urwald war gar nicht so falsch. Allerdings befindet sich dieser nicht auf der Erde.

Reporter: Sie wollen uns veralbern, John! Heute ist nicht der 1. April! Jetzt mal raus mit der Sprache: Woher stammen Sie?

John: Ich habe Sie nicht veralbert. Meine Heimat ist der Planet Fruktulos. So lautet zumindest die Übersetzung in Ihre Sprache. Der grünliche Schimmer auf meiner Haut ist der Rest meiner Jugendfarbe. Ich bin nämlich erst 221 Jahre alt.

Reporter: Halt, halt! Jetzt komme ich nicht mehr mit.

Wo ist hier die versteckte Kamera?!

John: Ich stamme wirklich vom Fruktulos. Allerdings lebe ich schon einige Jahrzehnte auf der Erde. Deshalb beherrsche ich auch Ihre Sprache. Und als diese Anfrage zum Thema Grün in unserem Institut bekannt wurde, hielt mein Chef mich für kompetent genug, dazu einen Beitrag zu schreiben. Den habe ich eingereicht. Daraufhin wurde ich eingeladen. Jetzt sitze ich hier.

Reporter: Ich weiß nicht, was ich dazu sagen soll. Am besten erzählen Sie uns einfach, was Sie geschrieben hatten.

John: Gern. Begonnen habe ich mit einer kurzen Schilderung des Planeten. Er befindet sich in der Nähe der Plejaden. Von der Erde aus gesehen etwas links davon. Man kann ihn nur selten direkt sehen, da er im Sonnenschatten liegt. Dafür hat er ein ideales Klima.

Pauschal kann man sagen: Fruktulos ist ein komplett grüner Planet. Was auch für den Großteil seiner Bewohner zutrifft. Fruktulos ist geologisch etliche Millionen Jahre älter als die Erde. Weshalb auch die Entwicklung im technischen Bereich weiter ist. Mit unseren Sternenschiffen reisen wir bereits sehr lange durch die Galaxis. Dabei haben wir schon viele fremde Rassen kennengelernt.

Die Erde haben wir eher zufällig entdeckt, als eines unserer Schiffe eine Havarie hatte. Ihr liegt ja auch ganz schön abgelegen. Das mit der Havarie war vor etwa 3000 Jahren. Das Schiff wasserte, klappte auf und wurde zu einer schwimmenden Insel. Es hieß übrigens Alanis. Durch das Studium eurer Geschichtsbücher erfuhr ich, dass die Menschen daraus ATLANTIS gemacht haben.

Und um die Zeit der Reparatur zu überbrücken, stellten unsere Vorfahren Kontakt zu den Menschen her. Die guckten sich natürlich einiges von uns ab, was eure Entwicklung ein ganzes Stück voranbrachte. ÜBRIGENS: Untergegangen ist Atlantis nicht. In einer stürmischen Regennacht war die Reparatur beendet und das Schiff hob ab. Für die Menschen wirkte allerdings der Feuerstrahl beim Start wie ein Vulkanausbruch. Danach war die Insel verschwunden. Für die Menschen sah es aus, als wäre sie untergegangen. Doch wir hatten euch seit dem ständig im Blick. Es gab seit der Entdeckung eures Planeten regelmäßige Kontrollflüge, um zu sehen wie weit ihr in der technischen Entwicklung vorangekommen seid. Zusätzlich wurden mehrere Beobachtungsstationen errichtet. Auf einer davon arbeite ich.

Reporter:	So entstanden also die Legenden von Atlantis und den UFOs. Interessant! Jetzt habe ich noch eine sehr persönliche Frage. Nehmen Sie es mir bitte nicht übel John. Sie haben mir zu Beginn unseres Interviews Ihre grünlich schimmernde Haut gezeigt. Hat die etwas mit den Erzählungen über kleine grüne Männchen zu tun?
John:	(Feixend) Ihr mit euren grünen Männchen! Aber mal im Ernst. Es gibt sie. Doch nicht so, wie ihr denkt. Es sind vermutlich unsere Kinder, die wieder mal Unsinn veranstaltet haben. Ja, jetzt staunen Sie. Na, dann will ich es mal etwas ausführlicher darlegen. Ich sagte ja schon, dass wir viel durch die Galaxis unterwegs sind. Meist sind es Forschungsschiffe. Da diese oft sehr lange auf Reisen sind, hat der Rat die Mitnahme des Nachwuchses genehmigt.

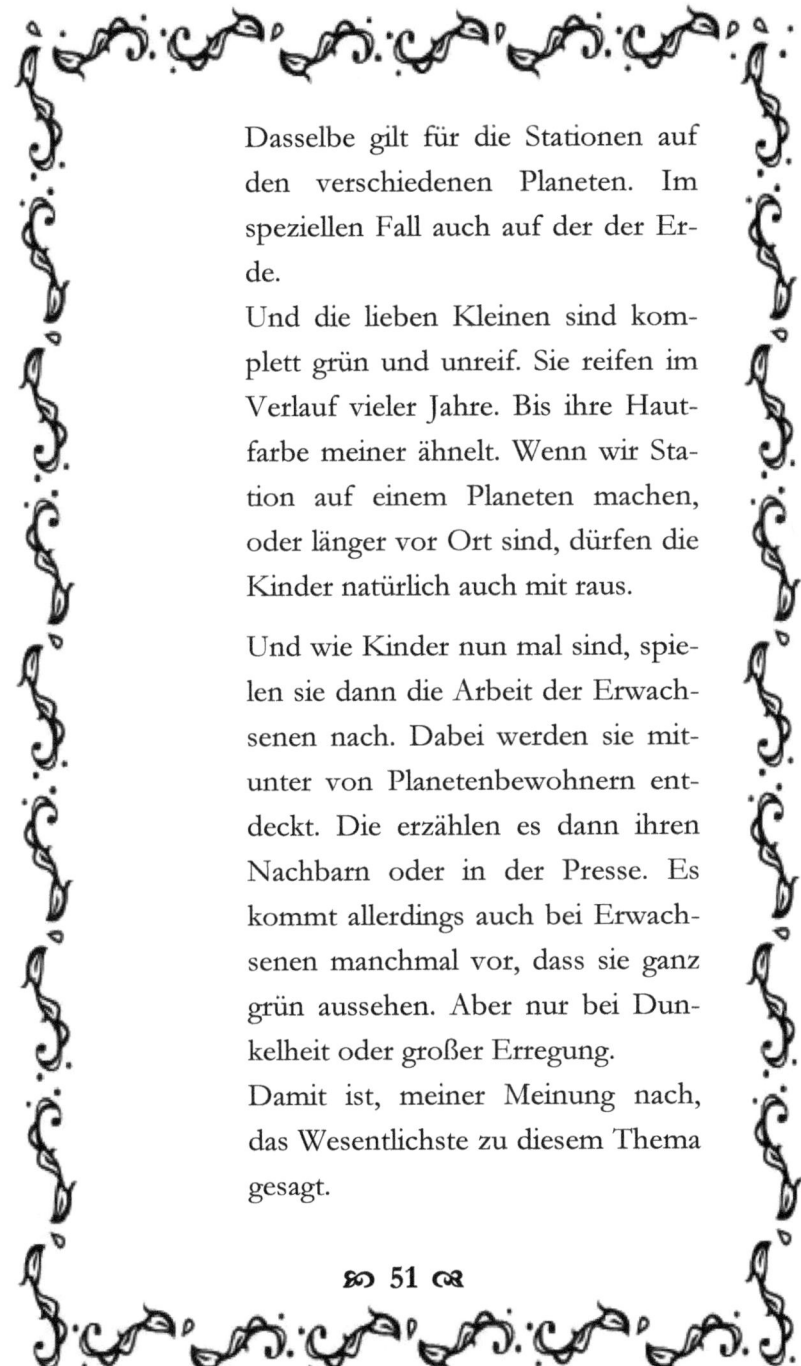

Dasselbe gilt für die Stationen auf den verschiedenen Planeten. Im speziellen Fall auch auf der der Erde.

Und die lieben Kleinen sind komplett grün und unreif. Sie reifen im Verlauf vieler Jahre. Bis ihre Hautfarbe meiner ähnelt. Wenn wir Station auf einem Planeten machen, oder länger vor Ort sind, dürfen die Kinder natürlich auch mit raus.

Und wie Kinder nun mal sind, spielen sie dann die Arbeit der Erwachsenen nach. Dabei werden sie mitunter von Planetenbewohnern entdeckt. Die erzählen es dann ihren Nachbarn oder in der Presse. Es kommt allerdings auch bei Erwachsenen manchmal vor, dass sie ganz grün aussehen. Aber nur bei Dunkelheit oder großer Erregung.

Damit ist, meiner Meinung nach, das Wesentlichste zu diesem Thema gesagt.

Reporter: Danke, das war sensationell! Mir wirbeln noch viele weitere Fragen, besonders zu Ihrem Aufenthalt auf der Erde, im Kopf herum. Und auch unseren Zuschauern wird es ähnlich gehen. Doch leider ist unsere heutige Sendezeit vorüber. Ich hoffe, wir sehen uns bald zu einer weiteren Gesprächsrunde wieder. Ich würde mich sehr freuen.
Nochmals vielen Dank!

Lenard James Cropley

Alchemilla – es grünt so grün

„Du Papa?"

„Ja mein Kind?"

„Kann es sein, dass wir in der Schule Mist lernen?"

„Wie kommst du darauf?"

„Heute war Musikunterricht und die haben gesungen da. Und da war so eine alte Frau, die irgendwie auch jung war und die musste sprechen lernen ..."

„My Fair Lady?", frage ich

„Ja, genau." Sie strahlt mich an und spielt mit ihrem rosa Haargummi des geflochtenen Zopfes. „Und der Text was die singt, das stimmt doch so nicht!"

Wir sitzen drinnen im Wohnzimmer vor der Terrassentür auf dem Sofa. Draußen hinter den grauen Lounge-Möbeln auf den schwarzen Steinfliesen stehen viele Blumenkübel mit blühenden Narzissen, Tulpen, Stiefmütterchen, Primeln und Hyazinthen. Ein buntes Frühlingsparadies in rot, gelb, violett, orange und blau. Düfte von schwerem Parfüm, einer Ahnung von Sommer und einer leichten süßen Betäubung umwabern einen, wenn man daran vorbeiläuft. Ich sehe schon Bienen und Schmetterlinge umhertanzen.

„Was meinst du genau?", hake ich nach.

„Na – es grünt so grün, wenn Spaniens Blüten blühen!"

„Mh, verstehe ..."

„Ich nicht! Wir waren da mal im Urlaub, es war ziemlich warm dort! Aber ich hab keine grüne Blüte gesehen Papa!" Es klingt wie eine Anklage, sie zieht Arme und Schultern hoch und sieht dabei aus wie mein Lieblings-Emoji auf WhatsApp. Ich muss ein wenig schmunzeln.

„Da hast du vollkommen Recht meine Kleine! Genau DAS hab ich mich als Kind nämlich auch gefragt!"

Sie blickt mich überrascht grinsend an und zeigt auf mein Tablet, was auf dem Couchtisch liegt.

„Gucken wir doch mal nach, ob es grüne Blüten gibt ..."

„Gute Idee!", antworte ich und füge hinzu: „...und ob die in Spanien wachsen!" Ich zwinkere sie an und logge mich ein.

Die sechs farbigen Buchstaben einer beliebten Suchmaschine ploppen auf und ich tippe.

Bilder und Text erscheinen. Wir sind beide erstaunt, so richtig zufriedenstellend ist das Ergebnis nicht. Zum Glück gibt es einige Bilder.

„Die hab ich schonmal gesehen ...", meint sie plötzlich und tippt auf den Bildschirm.

„Frauenmantel – Alchemilla", lese ich vor. „Ja das kann sein, die wachsen in vielen Vorgärten hier."

„Aber nicht in Spanien, oder?" Sie zieht die Augenbrauen hoch und ihre süßen blauen Augen scheinen gleich herauszufallen.

„Bin mir unsicher, obwohl es da warm ist, was der Frauenmantel braucht."

Sie kichert wieder bei dem Namen. „Wie heißen die anderen Blumen?", fragt sie weiter, obwohl ich das vorherige noch nichtmal beantwortet hatte.

„Falsche Alraunwurzel, Muschelblume, Taglilie, Mittelmeer Wolfsmilch, Stinkende Nieswurz ..."

Ihr lautes helles Lachen unterbricht mich: „Was sind das für Namen?" Sie prustet weiter: „Wer denkt sich sowas aus?" Jetzt lachen wir beide, während ich erneut etwas in die Suchzeile eingebe.

„Oh schön bunt ... Wo ist das?", fragt sie und lehnt ihren Kopf an meine Schulter.

„Das sind Spaniens Blüten!"

„Hab ich's doch gewusst!", schreit sie beinah, springt hoch und stemmt mit aller Kraft die Terrassentür auf. „Papa spielen wir Ball?"

Ich schließe die Seite und lege das Tablet weg. Während ich meine Gartenschuhe anziehe, pfeife ich die Melodie aus „My Fair Lady" um meinem Kind hinterherzugehen, was schon lautstark im Spielhäuschen nach dem kleinen Ball mit den grünen Blättern sucht.

Matthias Albrecht

Grün geärgert?!

Grün. Die am häufigsten anzutreffende Farbe des Festlandes. Mögen auch die Beduinen, Inuit und einige Nomadenvölker als Randbewohner der Wüsten dem widersprechen – sie dürften rein quantitativ nicht ausschlaggebend sein. Dabei ist, vom All aus betrachtet, das Grün kaum sichtbar. Stattdessen braungelbe Farbtöne – und natürlich das alles überstrahlende Blau der Meere, von weißlichen Wolkenbändern stellenweise übermalt. Daher der Begriff „Blauer Planet", welcher erst mit der Raumfahrt in unseren Sprachgebrauch Einzug hielt, denn bis dahin benannten unsere Urahnen die Welt nur nach einem der vier Elemente: Erde. Das war auch durchaus logisch, denn mit der greifbaren und Nahrung hervorbringenden Erde kamen sie ja zuerst in Berührung, als sie von den Bäumen kletterten und den Gebrauch ihrer Hände erlernten. Lange bevor sie sich als Fischer betätigten, Feuer zu machen verstanden oder sich gar in die Lüfte erhoben.

Doch zurück zum Grün. Beinahe hätte es diese Farbe nicht gegeben; das Gras wäre blau, die Blätter der Bäume rot und die Farne und Moose für alle Zeiten gelb geblieben. Dass es anders kam, war einzig und allein einem Missgeschick von Mutter Natur zu verdanken. Oh, Verzeihung, ich wollte der alten Dame nicht zu nahe treten. Natürlich war es nicht deren Verschulden, sondern das ihres Chefmalermeisters, welcher unter anderem dafür verantwortlich war, dass die Farben nicht durcheinandergerieten oder sich gar unwillkürlich miteinander mischten. Obwohl er am Ende ja auch nur indirekt Schuld trug und die in geheimer, doch ewig während er Fehde mit Mutter Natur liegende Evolution die eigentliche Übeltäterin war. Ja also – ich merke schon, dass ich etwas weiter ausholen muss, um diese verwirrende Geschichte zu erklären.

In grauer Vorzeit war Mutter Natur eine sehr bodenständige, etwas pedantische und regelrecht konservativ eingestellte Dame, deren jedwede Experimente oder mit Risiken behafteten Veränderungen der bestehenden und von ihr selbst geschaffenen Ordnung zuwider war. Dass sie dieses Grundprinzip inzwischen verworfen hat oder aus Gründen der Resignation nicht weiter verfolgt, ist der Evolution zu verdanken. Diese beiden waren sich von vornherein nicht grün

(Wortspiel beabsichtigt), denn die Evolution funkte Mutter Natur stets dazwischen, wenn Letztere auf die Einhaltung der von ihr gesetzten, unveränderlichen Regeln bestand. Dabei ging die Evolution sehr raffiniert vor und war darauf bedacht, Mutter Natur keine Gelegenheit zu geben, ihr auf die Schliche zu kommen, bevor sie einen Coup gelandet hatte, der nicht mehr – oder nur noch mit brachialer Gewalt – rückgängig zu machen war. Dass Mutter Natur in gleicher Verfahrensweise agierte, versteht sich von selbst.

Bestes Beispiel: Die Dinosaurier! Die waren Mutter Natur ein Graus. Riesige Pflanzenfresser (Stegosaurus, Brontosaurus, Brachiosaurus und wie sie alle hießen) weideten innerhalb weniger Tage ganze Landschaften kahl, und was sie nicht fraßen, zertrampelten sie. Die Fleischfresser, allen voran Velociraptor, Titanosaurus und der furchtbare Tyrannosaurus rex, machten wiederum Jagd auf die Pflanzenfresser, die in wilder Flucht der übrig gebliebenen Vegetation den Rest gaben. Mutter Natur kam kaum hinterher, neue Pflanzen sprießen zu lassen und die Schäden zu minimieren.

Eines Tages, oder besser gesagt eines Jahrtausends, platzte ihr der Kragen und sie beschloss, die Dinosaurier auszurotten. Und das so schnell wie möglich. Doch womit? Das einzig Erfolgversprechende, das nicht die Welt komplett vernichtete, war wohl ein Asteroidenimpakt. Doch woher den nehmen. Sie ließ ihre Beziehungen spielen, allein der Aufbau der Telefonverbindung bis zum nächsten Ort des Universums, der womöglich einen solchen Himmelskörper entbehren konnte, dauerte zweihunderttausend Jahre. Die Rückantwort genauso lange: „Tut uns leid – gerade nichts verfügbar. Versuchen Sie es doch mal bei Alpha Centauri. Soll ich Sie gleich weiterleiten?"

Nach nervigen hundertachtundsechzig Millionen Jahren endlich ein Hoffnungsschimmer: „Haben keinen Asteroiden auf Lager, kann es auch ein Komet sein? Wir hätten da Chicxulub, der gerade nichts Besseres zu tun hat." Natürlich konnte es auch ein Komet sein. Nur schnell bitte! Mutter Natur glaubte, es keine weiteren zehn Millionen Jahre aushalten zu können. Doch von der Oortschen Wolke am äußersten Rand des Sonnensystems bis zur Erde dauerte es doch mehrere Millionen Jahre, die der Komet mit dem unaussprechlichen Namen unterwegs war. Beinahe wäre er sogar an der Erde vorbeigesaust, hätte ihm Jupiter nicht in letzter Minute einen Tritt in die richtige Richtung verpasst. Was Jupiter veranlasste, sich hier einzumischen, ist nicht bekannt. Erst mittels entsprechender Technik wurde in den neunziger Jahren des vergangenen Jahrhunderts bei ihm angefragt. Die Antwort steht noch aus.

Der Einschlag traf nicht nur die Dinosaurier ins Leben, sondern auch die Evolution ins Mark. Eine Weile war sie sehr kränklich und rutschte in eine geraume Zeit während Schaffenskrise, dann jedoch beschloss sie, etwas nie Dagewesenes zu kreieren, das Mutter Natur eines Tages sicherlich den Garaus machen werde: den Menschen!

So. Nun habe ich wieder den roten Faden verloren und bin auch vom grünen abgekommen. Na toll. Jetzt aber beim Thema bleiben: Lange bevor die Dinosaurier auf der Bildfläche erschienen, gab es eine Zeit, in der alle möglichen Farben vorherrschten – nur das Grün war nicht dabei. Das sollte sich jedoch ändern.

Eines Tages lief der Chefanstreicher, Pardon, der „natürlich geprüfte erste Kunstmalermeister" von Mutter Natur, Pueblo Pinasso Colorado, der Evolution über den Weg. Auf seiner Schubkarre balancierte er zwei riesige Farbkübel, die bei jedem Schritt von der Karre zu kippen drohten.

„Aber Meister Colorado!", sprach die Evolution, „Diese Behältnisse sind ja viel zu groß für die kleine Karre. Was habt Ihr denn damit vor?"

„Es handelt sich um Farbe", entgegnete der Meister, „die zu alt ist, nicht mehr richtig deckt und nun entsorgt werden muss. Und weil wir – meine Chefin und ich – umweltbewusst sind, will ich sie da hinten in den aktiven Vulkan werfen. Da wird sie rückstandslos verbrannt."

„Und warum tut Ihr das selbst? Habt Ihr denn keine Hilfsarbeiter?"

„Oh", meinte der Meister seufzend, „das schon. Doch diese könnten die Farbe ja heimlich irgendwo in den Wald kippen, um sich den Weg zum Vulkan zu sparen. So etwas ist zwar noch nicht geschehen, doch Mutter Natur will auf Nummer sicher gehen und hat also mich damit beauftragt. Ich wollte, ich hätte es schon hinter mir. Es ist noch ein ganzes Stück bis zum Vulkan."

Die Evolution überlegte. Auf Farben konnte sie bislang nicht zurückgreifen, die hütete Mutter Natur wie ihren Augapfel, damit sie nicht in falsche Hände gerieten. Vielleicht konnte man mit den Kübeln ja irgendetwas anfangen, worauf sich Mutter Natur dann ärgerte und auf die Palme bringen ließ. Hatte die ihr doch erst vor kurzer Zeit einen bösen Streich gespielt, der nach Rache schrie.

„Ich will Euch die Sache abnehmen, Meister Colorado. Mein Weg führt ohnehin am Vulkan vorbei. Die Karre bekommt Ihr später wieder."

„Oh, Ihr seid zu gütig", freute sich der Meister, der keine Ahnung hatte, dass seine Chefin mit der Evolution auf Kriegsfuß stand. Wie bereits eingangs angedeutet, verheimlichte Mutter Natur dies ihren Untergebenen tunlichst. Je weniger es bekannt wurde, desto größer die Wahrscheinlichkeit, dass kein Vorhaben gegen die Evolution scheiterte.

„Die Karre könnt Ihr auch gleich mit entsorgen", fuhr der Meister fort. „Sie ist eh nicht mehr viel wert. Ich bitte Euch nur, das Ganze für Euch zu behalten. Meine Chefin sieht es nicht gern, wenn unsereins seine Verantwortung auf die Schultern anderer ablädt."

„Seid ohne Sorge, Meister. Es bleibt unter uns!"

Der Meister verabschiedete und bedankte sich überschwänglich, und die Evolution machte sich mit der Karre auf den Weg. Nach wenigen Metern schon spürte sie, dass die Sache ihre Kräfte überstieg und überlegte, wie dem abzuhelfen sei. Sie blickte sich um. Der Meister war nicht mehr zu sehen, und sonst hatte sie auch keine Entdeckung zu fürchten. Ohne sagen zu können, warum, befürchtete sie doch, etwas Unerlaubtes zu tun. Doch – sei's drum. Kurzerhand kippte sie den Inhalt des blauen Kübels in den mit der gelben Farbe und legte den leeren schräg vor den anderen. Nun ging es leichter, da der volle Kübel im hinteren Teil der Karre einen Schwerpunkt bildete, der sie das Gleichgewicht besser halten ließ. Dennoch rumpelte das Gefährt gefährlich auf dem unebenen Boden. Wäre statt der Farbe Milch im Kübel gewesen, hätte die Evolution zu Hause Butter abladen können.

Die Evolution schwenkte noch weit vor dem Vulkan in einen Weg ein, der entlang der Steilküste zur nächsten Ortschaft führte. Auf halbem Wege zweigte ein Pfad zu ihrem Wohnsitz ab, doch diesen sollte sie mit ihrer Ladung nicht mehr erreichen. Als ihr Blick nämlich während einer Verschnaufpause in den Kübel mit der Farbe fiel, erschrak sie fürchterlich. So etwas hatte sie noch nie gesehen. Das war nicht mehr gelb oder blau, sondern – ja was eigentlich? Wie sollte man das nennen? Diese Farbe war neu. Und gewöhnungsbedürftig. So – so ganz anders eben. Mein Gott, nun fiel ihr auch ein, dass es Mutter Natur unter Strafe gestellt hatte, Farben miteinander zu mischen, bevor sie nicht ihren Segen dazu gegeben hatte. Jetzt begriff sie ihr ungutes Gefühl von vorhin.

Was nun tun? So viel Fantasie die Evolution auch besaß (meist viel zu viel, wenn man der Mutter Natur glauben mochte), so groß war doch ihre plötzliche Angst, dass das Ganze ihr über den Kopf wachsen könnte. Noch dazu sah sie in weiter Ferne Leute auftauchen, die ihr entgegenzukommen schienen. Wenn diese den Inhalt des Kübels zu Gesicht bekämen – nicht auszudenken! Und sollte Mutter Natur dieser neuen Farbe später ansichtig werden oder auch nur davon hören, bliebe es sicherlich nicht bei meist relativ harmlosen Streichen zwischen den beiden Kontrahentinnen – dann gipfelte es unbedingt in Mord und Totschlag.

Trotz der heißen Ware auf dem Gefährt bekam die Evolution kalte Füße. Kurzerhand riss sie die Karre in die Höhe und schob sie über die Kante der Steilküste. Nach ein paar Sekunden hörte sie, wie die Ladung in die Fluten stürzte, nebst dem Felsbrocken, der sich unmittelbar darauf von ihrem Herzen löste. Tief aufatmend setzte sie ihren Heimweg fort. Dass sie diese seltsame Farbe bald wiedersehen würde, lange bevor diese sich über die ganze Erde ausbreitete, ahnte sie nicht.

Es vergingen zig Tausende von Jahren, während dieser sich Mutter Natur nicht wenig wunderte, dass die Evolution ihr den letzten Streich nicht vergalt. Oder war es nur die tückische Ruhe vor dem Sturm? Besser gesagt vor dem Tsunami, der sich ja auch zunächst dadurch ankündigte, dass sich das Wasser vom Strand weit ins Meer zurückzog, bevor es mit hundertfacher

Kraft und verheerenden Fluten wiederkehrte. Die Zeit verging, aber es passierte – nichts! Übrigens waren selbst mehrere zehntausend Jahre im Empfinden von Mutter Natur – wie auch in dem der Evolution – nicht mehr als ein paar Stunden für uns Menschen. Doch das nur am Rande.

Ein Tsunami wurde es nicht. Stattdessen eine schleichende, aber unumkehrbare, ausufernde Pandemie, welche den ganzen Planeten „infizierte" und gegen die kein Kraut gewachsen war. Schon gar kein grünes.

Im Meer hatte es begonnen. Zuerst machten sich Algen die grüne Farbe zunutze, in dem sie sich über Photosynthese zu vermehren begannen. Jahrtausende später begannen sich auch die Pflanzen auf dem Land für das Chlorophyll zu begeistern und fleißig Sauerstoff zu produzieren, was dem Leben auf Erden zu ungeahntem Aufschwung verhalf.

Mutter Natur brauchte eine Weile, um zu erkennen, welch perfider Streich ihr gespielt worden war. Und seltsamerweise verdächtige sie jeden außer – die verhasste Evolution. Diese wiederum konnte sich nicht im Glanze ihres Erfolgs sonnen, denn einerseits hatte sie diesen ja nicht ihrem Genius zu verdanken, sondern einem, zudem ungewollten, Zufall. Und andererseits hätte sie niemals zugeben dürfen, für diesen „Unfall" verantwortlich zu sein, verbuchte doch Mutter Natur die Erfindung der neuen Farbe für sich, nachdem sie endlich deren Potenzial erkannt hatte.

So war es das erste und bislang letzte Mal, dass etwas so ungeheuer Erfolgreiches die Welt eroberte, an welchem weder die Evolution noch Mutter Natur bewusst Anteil hatten. Es erinnert an die Geschichte eines Bäckers im Mittelalter, dessen Lehrling aus Versehen Zimt in den Teig fallen ließ und der daraufhin von seinem König geadelt wurde.

Der Bäcker – nicht der Lehrling!

Lenard James Cropley

Kunstbetrachtung

Blinzeln.
Einen Schritt nach vorn.
Das Bild mittig
wirken lassen.
Werten.
Schildchen lesen.
-Oder weitergehen-.
Zurücktreten.
Informationen vergleichen.
Nochmals lesen.
Versuchen zu verstehen:
sieht immer
intelligent aus!
Kluger Gesichtsausdruck,
möglichst eine Hand im Gesicht:
elegant das Kinn stützen,
dezent die Stirn reiben.
Farben auswerten.
Maltechnik ausspionieren.
Über Empfindungen sprechen.
- Wenn allein: dann darüber nachdenken. -
Sonst: diskutieren, streiten.
Ruhe.
Drei Meter zurücktreten,
die Tupfen
zu einem Ganzen formen lassen.
Anerkennend nicken.
Brummeln oder schimpfen.
Weitergehen.
Blinzeln.

Dieter Stiewi

Aufgabe für eine Göttin

Forsetis Lachen erstarb, als die Tür der Schenke aufgerissen wurde und ein eisiger Wind durch den Schankraum wehte. Er senkte den Kopf und betrachtete das Horn, das er in der Rechten hielt. Er schien kein Interesse daran zu haben, zu erfahren, wer ihre traute Runde störte. Auch Tyr war mit einem Male schweigsam geworden. Ein Hauch von Frust zog über seine Lippen und dämpfte seinen stechenden Blick.

Nur Hödur, der blinde Kämpfer, hob den Kopf und lauschte. „Wer …?" Doch dann verklang seine Stimme.

Während der Neuankömmling einer Drohung gleich in der Türfüllung verharrte, so dass vor dem Schneesturm draußen nur sein Schattenbild zu erkennen war, erwiderte Tyr auf Hödurs unvollständige Frage: „Thor."

Bevor Hödur etwas erwidern konnte, hatte Freyr sich auf seinem Stuhl herumgedreht und rief in Richtung des Eingangs: „Willkommen, Thor. Klopf den Schnee ab und komm herein, mein Bruder." Freyr, der kleine Gott der Fruchtbarkeit und der Hinterlist, nannte jeden seinen Bruder, obwohl dies bei Thor nicht annähernd stimmte. „Setz dich zu uns und trink mit uns.

Du musst durstig sein, von deiner langen Reise."
Seine Stimme lachte mehr als seine Augen.
Doch auch das war bei Freyr normal und sie
hatten sich alle daran gewöhnt. Nur wusste niemand von ihnen, wann das Herz des Kleinen
lachte.

Der Neuankömmling trat näher. Der Ausdruck auf seinem Gesicht war grimmig. Auf seinen Wink schloss sich die Tür hinter ihm wieder
und sperrte die Kälte des Winters aus. Er nahm
sein Horn vom Gürtel und füllte es. Dann setzte
er sich zu den anderen an den Tresen.

„Wo warst du, Bruder?", begann Freyr, dem
die eisige Stille sichtliches Unbehagen bescherte.

„Bei den Thursen", mutmaßte Hödur, dessen
Blick starr in die Mitte des Raumes gerichtet
war, als könne er dort etwas sehen, was den anderen verborgen blieb.

Doch der Neuankömmling brummte: „Mid-
gard."

Forseti, der die Gesetze kannte und bei den
Göttern Recht sprach, schüttelte den Kopf. „Bei
den Menschen? Hat Vater dir nicht untersagt,
dorthin zu gehen, bei dem Chaos, dass du beim
letzten Mal angerichtet hast?"

„Beim letzten Mal …" Thor lachte grimmig auf. Seine Stimme ließ den Raum vibrieren. „Beim letzten Mal wäre es deine Aufgabe gewesen, hinunterzugehen und für Ordnung zu sorgen, Tyr!"

Mit dem Stumpf seines rechten Arms schlug Tyr hart auf die Tischplatte. Die Hand hatte er für ihrer aller Frieden geopfert. „Wenn es Krieg gewesen wäre, wäre ich gegangen. Das weißt du, Thor. Aber das ist kein Kampf, was sie austragen. Das, was die Menschen Krieg nennen ist nicht mehr als ein großes Abschlachten von Unbeteiligten."

„Kollateralschäden", meinte Freyr und lachte. Es war ein grelles, meckerndes Lachen.

„So nennen die Menschen es", bestätigte Tyr, während er wieder in sich zusammensank. „Kein gerechter Streit, Mann gegen Mann. Es ist ein Abschlachten!"

Forseti nickte. „Sie haben schöne Namen gefunden für die Verbrechen, die sie begehen."

Wieder lachte Thor, leiser diesmal.

„Und wo haben sie dieses Mal Krieg?", fragte Tyr, weniger aus Interesse, als um das Gespräch in Gang zu halten. Es war schwierig, mit Thor auszukommen, wenn dieser redete. Ungleich schwieriger war dies, wenn er schwieg.

„Südöstlich von Miklagard", erwiderte der Angesprochene und nahm einen tiefen Schluck aus seinem Horn.

„Naher Osten", erklärte Hödur, der noch immer unverwandt zur Mitte des Raums starrte. „Die Menschen nennen das jetzt ‚Naher Osten'."

„Mir egal", stellte Thor fest. „Dann noch im südlichen Teil von Vinland und südlich des mittleren Meeres."

„Nichts Neues?", hakte Forseti nach.

Doch Thor schüttelte den Kopf. „Keine neuen Kriege. Da hat sich nichts geändert. Doch wirklich friedlich ist es nirgendwo." Er nahm einen weiteren tiefen Schluck aus seinem Horn und wischte sich den Schaum mit dem Handrücken ab. „Stellt euch nur vor: Sie glauben, das Wetter beeinflussen zu können!" Sein Lachen klang bitter. „Die Menschen glauben, das Wetter beeinflussen zu können! Wenn hier einer das Wetter beeinflussen kann, dann bin ich das." Seine Stimme rollte wie der Donner durch den Schankraum.

„Na, dann werden sie dich wohl bald wieder verehren, etwas, was uns wohl verwehrt bleiben wird", entgegnete Hödur.

„Haben sie Angst vor Missernten?", fragte Freyr nach. „Ich habe ihnen doch …"

„Nein. Nicht einmal das. Sie sagen, dass es zu warm wird und wollen, dass es wieder kälter wird." Thor nahm einen weiteren Schluck aus seinem Horn, stellte fest, dass es leer war, fluchte und stand auf.

„Aber das haben sie doch erst vor … wann war das gewesen?" Forseti sah ihm nach, wie er zum Fass ging und sich neues Bier holte.

Thor lachte. „Genau. Vor 1000 Jahren war es ihnen zu warm, da wollten sie es kälter haben. Vor 500 Jahren war es ihnen zu kalt geworden, da wollten sie es wärmer haben. Jetzt ist es ihnen wieder zu warm und sie wollen es kälter haben. Und in 500 Jahren ist es ihnen wieder zu kalt und sie wollen es wärmer haben. Ich frage mich, wann sie begreifen, dass es immer kälter und dann wieder wärmer wird."

„Aber du hast ihnen geholfen", warf Forseti ein.

„Die ersten beiden Male. Ja."

„Und heute?"

„Sie haben mich nicht um Hilfe gebeten", erwiderte Thor, als er zum Tisch zurückkam. Ein schiefes Grinsen hatte sich in sein Antlitz geschlichen. „Wenn sie glauben, sie könnten das alleine …"

„Und das, wo selbst du dabei deine Probleme hast", warf Freyr ein wenig frech ein. Aber er wäre nicht Freyr, wenn er diese Chance hätte verstreichen lassen.

„Probleme?" Thor setzte sein Horn an und nahm einen neuen Schluck, ehe er wieder bei den anderen Platz nahm. „Probleme hatten wir, als du um deine Frau Gerda geworben hast." Bei dem Gedanken brach er in schallendes Gelächter aus. Tyr und Hödur fielen ein. Nur Forseti schwieg bei dem Gedanken daran. Und natürlich Freyr, der es gar nicht mochte, wenn man Witze auf seine Kosten machte.

„Aber so eine Änderung ist ein hartes Stück Arbeit."

„Selbst für einen Asen."

„Selbst für einen Asen, Hödur."

„Und jetzt?", hakte Foretsi nach.

Thor lachte. „Sie machen das jetzt alleine. Sie haben sich einen eigenen Gott gewählt. Eine Göttin, vielmehr. Und die wird das für sie richten!"

„Gehört sie zu den Asen?", fragte Freyr. „Und wie heißt diese neue Göttin?"

Thor schüttelte laut lachend den Kopf, als er antwortete: „Sie heißt so ähnlich wie deine Frau, Freyr. So ähnlich wie deine Frau."

„Gerda?"

Der Schankraum war mittlerweile so erfüllt vom Lachen des Donnergottes, dass man das folgende Wort kaum verstand: „Greta ..."

...

Lenard James Cropley

Zwei Schwäne

Zwei Schwäne

… auf dem Teich nahe der
Wasser-Fontäne
Das Weiß ihrer Kleider
blendet im Sonnenlicht
und verleiht ihnen Würde
Da gleiten sie
auf dem Dunkelgrünem,
winden ihre Hälse,
heben ihre Schwingen
und sind sich ganz nah
Ganz still, ganz anmutig
genießen sie das Nass
und ich ihren Anblick

Jana Heidler

Kroatische Träume

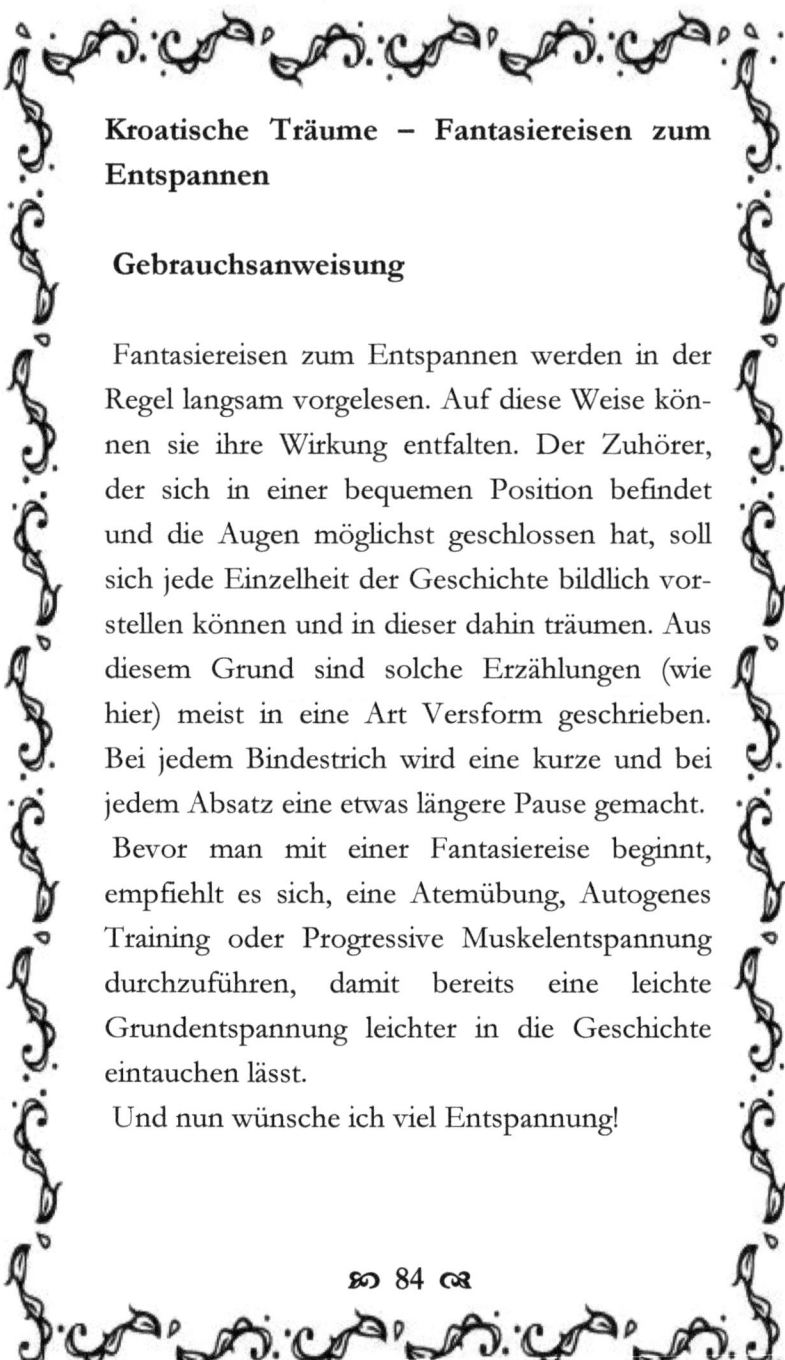

Kroatische Träume – Fantasiereisen zum Entspannen

Gebrauchsanweisung

Fantasiereisen zum Entspannen werden in der Regel langsam vorgelesen. Auf diese Weise können sie ihre Wirkung entfalten. Der Zuhörer, der sich in einer bequemen Position befindet und die Augen möglichst geschlossen hat, soll sich jede Einzelheit der Geschichte bildlich vorstellen können und in dieser dahin träumen. Aus diesem Grund sind solche Erzählungen (wie hier) meist in eine Art Versform geschrieben. Bei jedem Bindestrich wird eine kurze und bei jedem Absatz eine etwas längere Pause gemacht.

Bevor man mit einer Fantasiereise beginnt, empfiehlt es sich, eine Atemübung, Autogenes Training oder Progressive Muskelentspannung durchzuführen, damit bereits eine leichte Grundentspannung leichter in die Geschichte eintauchen lässt.

Und nun wünsche ich viel Entspannung!

Olivenhain und Erdbeerbaum

Es ist Herbst in Kroatien. -
Das Wetter ist noch sonnig -
und die Temperaturen warm. -
Die Hitze des Sommers kann man noch erahnen, -
ist aber zu einer angenehmen Wärme geworden. -
Es ist genau die richtige Zeit, um die Natur zu erkunden.

Du wählst einen schmalen Weg, der mit Kies bedeckt ist. -
Die Steinchen knirschen leise, während du den Pfad entlang gehst. -
Zu beiden Seiten stehen verschiedene Sträucher derart dicht gedrängt, dass sie wie eine lebendige, grüne Mauer wirken. -
Zuerst sehen die Pflanzen für dich alle gleich aus. -
Doch umso genauer du sie betrachtest, umso mehr Unterschiede findest du, -
bis du jedes einzelne Gewächs erkennen kannst.

Ein Erdbeerbaum hat es dir besonders angetan: -

Glänzende, ledrige, immergrüne Blätter zieren die Zweige. -

Viele gelbe, orangene und rote Beeren hängen zwischendrin. -

Die runden Früchte sind annähernd so groß wie Murmeln. -

und ihre äußere Hülle sieht aus, als wäre sie gleichmäßig mit unzähligen, kleinen Noppen bedeckt. -

Wunderschön anzusehen leuchten sie farbenfroh in der Sonne.-

Sieh dir den Erdbeerbaum noch einmal genau an, in all seiner Schönheit!

Dann gehst du weiter den grün gesäumten Pfad entlang -

und schwelgst in der wundervollen, mediterranen Natur. -

Du fühlst dich vollkommen ruhig und entspannt -

und genießt die freie Zeit in der nahezu unberührten Landschaft.

Nach einer Weile lichtet sich das Gebüsch am Wegesrand. -

Vor dir erstreckt sich nun ein Olivenhain. -

In Reih und Glied stehen hier viele Olivenbäume. -

Doch jeder Einzelne ist einzigartig in seiner Größe und Form. -

Du gehst näher heran, bis du einen Baum genauer betrachten und anfassen kannst: -

Der ganze Olivenbaum hängt voller reifer, grüner Oliven. -

Einige beginnen bereits, sich dunkel zu verfärben. -

Du pflückst eine Olive -

und öffnest die Frucht. -

Sofort strömt der typisch aromatische Duft in deine Nase. -

Du spürst das Öl, wie es sanft und warm über deine Hand läuft. -

Du kannst es in deinen Händen verreiben -

und genießt den Duft, der davon ausgeht.

Unter dem Olivenbaum lässt du dich nieder -

und betastest die kleinen, grünen, länglichschmalen Blätter. -

Sie fühlen sich ledrig und ziemlich hart an. -
Du entspannst dich immer mehr, -
wirst ganz ruhig -
und schwelgst in süßen Urlaubsträumen. -
Hier fühlst du dich wohl - und genießt die freie
Zeit in vollen Zügen.

Ausflug zu den Wasserfällen

Dieses Jahr verbringst du deinen Urlaub im wunderschönen Kroatien. -
Das Wetter ist sonnig und warm. -
Darum beschließt du, einen Ausflug in den Krka-Nationalpark zu unternehmen. -
Dieser Park befindet sich im Landesinneren, -
ein ganzes Stück weg vom Meer.

Du genießt die Fahrt dorthin, -
betrachtest die wunderbar grüne Landschaft Kroatiens -
und entspannst dich immer mehr. -
Sieh dir die Gegend noch einmal an, wie sie an dir vorüber zieht!

Am Eingang des Nationalparks angekommen, bezahlst du rasch den Eintritt -
und machst dich bereit für deine Wanderung. -
Dann betrittst du die nahezu unberührte Natur. -
Sogleich steigt dir der würzige Duft nach Kräutern in die Nase. -

Minze, Thymian, Rosmarin, Melisse und Curry-
kraut bilden zusammen eine betörend aromatische Mischung. -
Alles um dich herum ist grün und mit bunten
Blüten verziert. -
Du gehst den Wanderpfad entlang durch den
lichten Wald -
und lauschst genüsslich dem Gesang unzähliger
Vögel.

Bald vernimmst du ein sanftes Rauschen. -
Du gehst dem Geräusch nach. -
Es wird allmählich lauter, -
bis du an einem See stehen bleibst. -
Das Wasser ist vollkommen klar. -
Du blickst in die Richtung, aus der das Rau-
schen kommt, -
und siehst einen imposanten Wasserfall. -
Von einem höher gelegenen Plateau strömt fri-
sches Wasser in den See hinein. -
Es glitzert im Sonnenlicht. -
Kleine Regenbögen umrahmen den Wasserfall. -
Der Anblick ist derart märchenhaft, dass du dich
niederlässt -
und vollkommen entspannt darin versinkst.

Eine Weile lang beobachtest du das fantastische Naturschauspiel -
Und träumst vor dich hin. -
Dann beschließt du, in dem See zu baden.
Langsam, Schritt für Schritt, gehst du hinein, -
bis das Wasser tief genug ist, um zu schwimmen. -

Das Wasser ist kühl. -
Es erfrischt dich wunderbar an diesem warmen Sommertag. -
Leicht wie eine Feder schwebst du in dem wohltuenden Nass.

Völlig gelöst schwimmst du zum Wasserfall. -
Du stellst dich darunter -
und lässt dich von dem Fluss berieseln. -
Jetzt erfüllt das Rauschen all deine Sinne -
und trägt dich in deine Träume hinein.

Du genießt den Tag im Krka-Nationalpark in vollen Zügen! -
Schaue dir den Park an mit seinen Seen und Wasserfällen, -
mit seiner malerisch grünen, unberührten Natur! -

Höre das vielstimmige Vogelgezwitscher! -

Rieche den Duft der Kräuter! -

Alle diese Eindrücke nimmst du in deiner Erinnerung mit, -

wenn du wieder in deinen Alltag zurückkehren musst.

Die grüne Bucht

Es ist Frühsommer -
und in Kroatien ist das Wetter längst sehr sonnig und warm. -
Du verbringst deinen Urlaub in einem kleinen Ort direkt am Meer. -
Rundherum ist die Natur beinahe unberührt, -
abgesehen von einzelnen Weinbergen und Olivenhainen. -
Dort kannst du dich am besten vom stressigen Alltag erholen.

Am Morgen weckt dich angenehmer Vogelgesang sanft aus deinem Schlaf. -
Du beschließt, dich schon früh auf den Weg zu machen, um deine Umgebung zu erkunden. -
Jetzt sind die Temperaturen noch perfekt für einen ausgedehnten Spaziergang. -
So packst du ein paar Sachen ein -
und gehst los.

Zuerst läufst du zum nahegelegenen Hafen -
und schaust den Fischerbooten beim Auslaufen zu. -

Die zurzeit tiefstehende Sonne funkelt im Wasser wie Gold. -

Ihre wärmenden Strahlen lassen die Hitze des Tages bereits erahnen. -

Du gehst am Kai entlang -

und saugst den frischen, leicht salzigen Duft des Meeres ein.

Am Ende des Hafens entdeckst du einen schmalen, etwas versteckten Weg. -

Dieser schlängelt sich weiter am Ufer entlang. -

Du betrittst den Pfad -

und findest dich mitten in der Natur wieder. -

Um dich herum ist alles grün. -

Der Boden ist mit Gräsern, Kräutern und Büschen übersät. -

Zahlreiche Bäume spenden wohltuenden Schatten. -

An der Uferseite siehst du das Meer azurblau hindurch schimmern.

Vollkommen entspannt gehst du den Weg entlang. -

Ab und zu gehen noch kleiner Pfade davon ab. -

Diese führen zu Stränden und anderen Badestellen. -

Es gibt hier so viel zu entdecken.

Einen dieser Trampelpfade suchst du dir aus -
und steigst ihn bergab, bis du die See direkt vor dir siehst. -

Das Ufer ist felsig und wild. -

Du wanderst über die Felsen bis zu einer kleinen, versteckten Bucht. -

Begrenzt ist sie von hohen Felsen und dem Meer. -

Das Wasser hatte im Laufe der Zeit das Gestein ausgewaschen und eine leichte Aushöhlung geschaffen. -

Sie ist gerade so groß, dass du deine Decke bequem ausbreiten kannst. -

Auf den Felsen wachsen Bäume und wildes Gestrüpp. -

Viele Zweige hängen wie ein grüner Vorhang herunter -

und verleihen der Bucht ein märchenhaftes Aussehen.

Du inspizierst die kleine, grüne Bucht -

und lässt dich dort nieder. -
Vom Meer weht eine angenehm warme Brise zu dir herüber. -
Verträumt schaust du auf die See hinaus. -
Du beobachtest, wie die Wellen sanft ans Ufer rollen -
und an dem schmalen Strand in deiner Bucht rauschend verebben. -
Du wirst vollkommen ruhig und entspannt -
und träumst vor dich hin.

Sieh den Wellen zu! -
Höre ihr leises Rauschen! -
Spüre den Wind, wie er behaglich über deinen Körper streicht! -
Hier fühlst du dich wohl und geborgen. -
Die grüne Bucht gehört dir ganz allein, -
Immer, wenn du sie brauchst.

Lenard James Cropley

Von Mangos und Eichenwäldern

Wie jeden Dienstag um drei saß ich im Café und trank meinen Cappuccino. Und wie immer saß er zwei Tische weiter und rührte stundenlang in seinem Teeglas, als ob er damit irgendetwas im Weltenlauf ändern könne. Wir lachten einander zu und ich sprach ihn an. Er hätte das nie fertig gebracht, obwohl er fast perfekt Deutsch konnte. Er war mir aufgefallen, weniger wegen seiner kräftigen, hohen Statur, sondern ob seiner dunklen Hautfarbe. Dazu die typischen schwarzen, gekräuselten Haare, die unergründlichen braunen Augen mit den dichten, langen Wimpern. Das breite Gesicht, die vollen Lippen unter der weit geschwungenen Nase. Kinawu hieß er. Man schreibt das Kinarhawohu. Seine komplette Anzahl an Ruf-, Vor-, Zweit-, Dritt- und Nachnamen klang wie der Anfang eines afrikanischen Märchens. Denken Sie an buntes Markttreiben, fremdartige Trommelmusik, Gelächter und Papageienschreie, an einen Sonnenuntergang am wogenden Meer und Palmenrascheln im Dschungel. Das trifft es ungefähr. Ich hatte Mühe mit der Schreibweise des ersten Namens. Die Zusammensetzung seines halben Familienstammbaumes habe ich mir nicht gemerkt. Es war auch nicht notwendig. Wollte ich ihm einen Zettel oder Ähnliches zukommen lassen, fand ich seinen Namen am Briefkasten auch so. Neben Müller, Meyer, Schulze war das eine Leichtigkeit.

Er studierte hier Mathematik und Technische Informatik. Seine Hausarbeiten verfasste er zweisprachig. Und schon bei einem Blick auf das Vorwort seiner Doktorarbeit bekam ich Kopfschmerzen, wegen der Komplexität und Schwierigkeit des Textes, von den Formeln, Diagrammen und Statistiken mal ganz abgesehen.

In unserer Freizeit trafen wir uns zum Billard oder Tennis. Wir schauten amerikanische Filme, aßen chinesisch, unterhielten uns deutsch und englisch, wobei mich sein französischer Akzent faszinierte. Ich bat ihn, dass er mir malagassisch bei brachte, was sich aber schwierig gestaltete.

Er sprach vom Bruder, der in London weilte, von der Schwester, die in Washington sei. Von den Eltern, der Vater ein Lehrer, die Mutter eine Hausfrau, die daheim auf großem Grundstück in Madagaskar, weit von der Zivilisation entfernt wohnten. Ein Onkel lebte in Paris und Kinawu selbst wollte später nach Kiel an die norddeutsche Küste. Chemnitz als Studienplatz, war damals nur ein Zufall gewesen. Die Universität hatte ihm als erste geantwortet, also kam er hierher. Mit dem Jeep durch den Urwald, mit dem Bus zum Flughafen in Antanana...oder so. Weiter mit dem Flieger nach Frankreich und dann noch die Reststrecke per Zug ins Sachsenland. Zwei Tage sei er unterwegs gewesen. Das Studium neigte sich dem Ende, die Doktorarbeit war geschrieben, die Verteidigung rückte näher. Danach wolle er fort, kündigte er an. Monat um Monat verging, ich glaubte schon gar nicht mehr daran. Doch am letzten Abend fuhren wir bis ans Ende der Stadt, wo der Wald begann. Ich führte ihn zu einer Lichtung. Dort wartete ich die Zeit ab, um ihm genau im goldenen Licht des Abends die grüne Weite meines Heimatlandes, mit den sanften Tälern und Hügeln, den Weizenfeldern und Eichenwäldern zu zeigen. Ich hoffte, er würde sich daran erfreuen und den Ausblick nie vergessen. Er schaute sich kurz um, grinste und spielte mit seiner neuen Digitalkamera. Ich war irritiert. Sahen seine Augen denn nicht, was meine sahen? Beinahe wütend starrte ich ihn an. Er trug ein kurzes, kariertes Hemd und die Sonne verlieh seiner Haut einen schimmernden Bronzeton, wie ich ihn selten zu Gesicht bekommen habe. Er stapfte schon zurück durchs Gebüsch, während ich den Blick von dieser Natur-Theater-Bühne kaum abwenden konnte. Hinaus auf die leere Asphaltstraße lief er, die uns bald wieder in die laute, dreckige Stadt bringen sollte. Die und seine Computer, liebte er wohl mehr, als Bäume und Wiesen. In den neun Jahren Studium, erzählte er mir, sei er nur zwischen Uni und Wohnung gependelt. Keine Kirchen und Museen, keine Ausstellungen, keine Partys, keine Ausflüge. Doch einmal, als es hieß, er würde bald weiterziehen, hat ihn sein Professor mit ins Erzgebirge genommen. Da sah Kinawu das erste Mal Tiefschnee.

Kopfschüttelnd folgte ich ihm. Ich dachte nach und stellte mir die Mangobäume und Kiwibüsche, das Ernten von Kakis und Bananen vor, die im Garten seiner Eltern wild wuchsen. Hier schimpfte er oft über die hohen Obstpreise. Denn in seiner Heimat kostet eine Stiege Mangos so viel, wie hier eine einzige Frucht.

Am nächsten Tag brachte ich ihn zum Bahnhof. Es gab keine großen Worte, nur von mir ein kleines Geschenk und weg war er.

Er hatte mir von seinen Plänen berichtet: von Paris, England und Amerika und davon, dass er sich auf Madagaskar eine Frau suchen und unbedingt viele Kinder haben wolle. Ab und zu schickte ich ihm eine E-Mail. Es hieß, dass er nun als Dr. Kinawu in sächsischen Unis Vorträge hält. Aber es kam zu keinem Wiedersehen. Ein paar Wochen darauf erhielt ich ein Paket von ihm, das ich neugierig öffnete. Darin lagen zwei Bücher, die ich binnen weniger Tage lesehungrig verschlang. Und ich erkannte, dass er nicht so desinteressiert an Kunst und Kultur gewesen sein konnte, wie er vorgab. Noch immer empfinde ich es als rätselhaft, wie jemand solch gute Bücher aussuchen konnte. Er, der nie etwas anderes als Zahlen und Formeln in der Hand hatte, schickte mir Geschichten von Abenteuern in Nepal, sowie Skurriles zwischen Mann und Frau. Erzählungen, die mich mit ihren Schauplätzen und Charakteren so tief innerlich berührten, dass es mir fast unheimlich war.

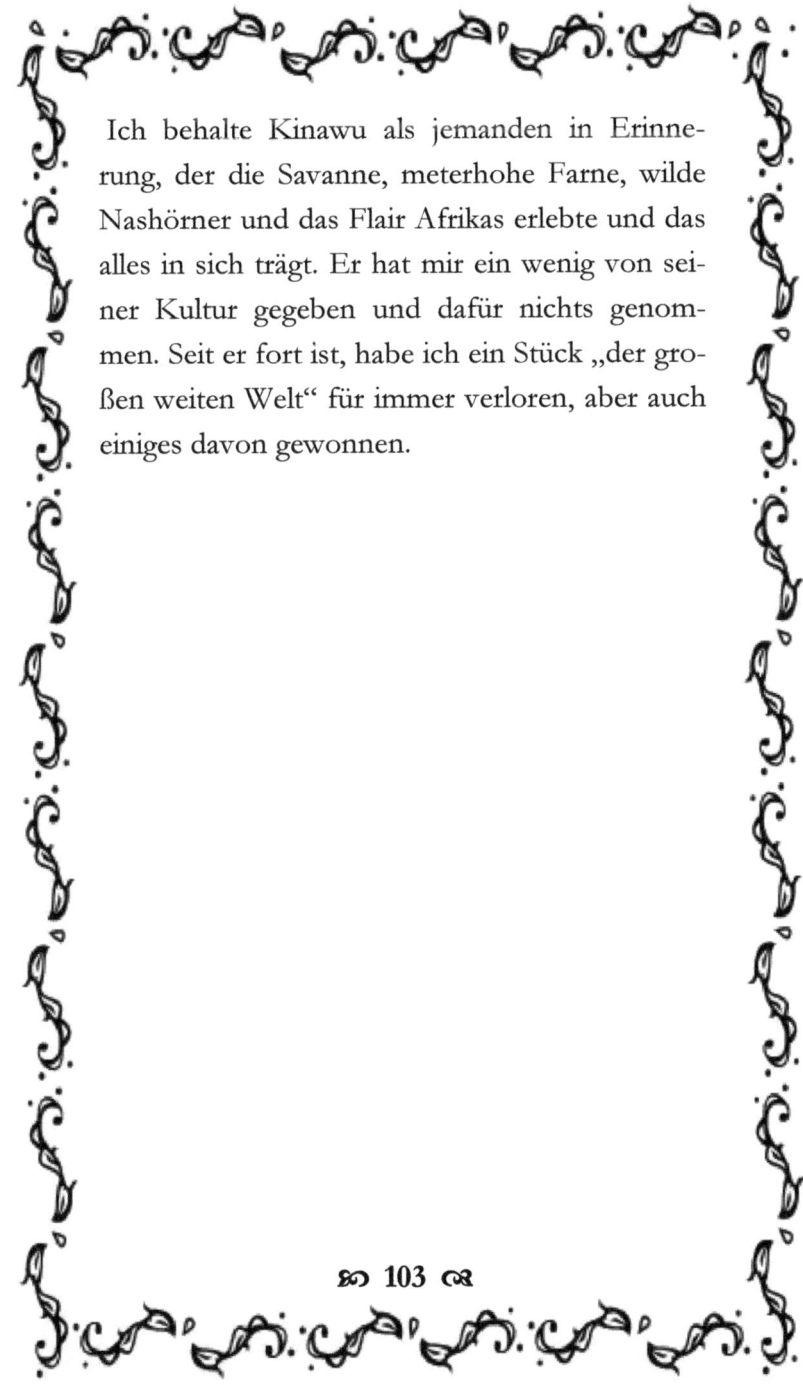

Ich behalte Kinawu als jemanden in Erinnerung, der die Savanne, meterhohe Farne, wilde Nashörner und das Flair Afrikas erlebte und das alles in sich trägt. Er hat mir ein wenig von seiner Kultur gegeben und dafür nichts genommen. Seit er fort ist, habe ich ein Stück „der großen weiten Welt" für immer verloren, aber auch einiges davon gewonnen.

Silke Weizel

moosgrün

moosgrüner morgen

graue nebelschwaden

über feuchtem laub

kleine lichtfunkelgeister

in sonnenstrahlen

tanzen für uns

moosgrüner morgen

in grünen augen

Lenard James Cropley

Himmel

Ich glaube nicht,
dass der Himmel
mich hört.
Wie gefangen
irre ich umher
und erkenne nicht
der Dinge Namen.
Alles ist so
gewaltig,
wie sterben.
Zuvor war mir
der Weg durch
das Labyrinth
bekannt, doch
heute ist da
ein Dschungel,
der mich nicht
willkommen
heißen wird.
So kämpfe ich weiter,
verschließe mich in mir,
und lasse nichts nach außen,
dass fremd und schwach
wirken könnte.
Auf dass der Himmel
seine Stimme erhebt
und meine Gebete
erhört.

Dieter Stiewi

Es ist an der Zeit

Tränen rannen über ihr Gesicht. Doch sie lief weiter. Langsamer jetzt, da ihre Kräfte nachließen, doch immer geradeaus, immer weiter weg, weiter weg von dem kleinen Dorf mit den wenigen, armseligen Blockhäusern. Weg von dem Dorf mit der „Main Street", die nur deshalb diesen Namen trug, weil sie die einzige Straße war. Weg von dem Dorf, zu dem nicht einmal eine Telegrafenleitung führte.

Sie war einfach in den Wald gelaufen, immer geradeaus, zwischen den hohen, grünen Laubbäumen hindurch, die ihr am Tag Schutz vor der heißen Sommersonne gaben, und nun, da die Sonne untergegangen war und nur noch schwaches Dämmerlicht den Himmel erhellte, ein Gefühl von Sicherheit boten. Ein kleines Mädchen in der grenzenlosen Wildnis des Waldes. Es war eine trügerische Sicherheit, das wusste sie mit ihren zehn Jahren bereits, denn es war nicht das erste Mal, dass sie abgehauen war. Doch dieses Mal würde sie nicht zurückkehren. Nicht dieses Mal. Sie würde sich einen Unterschlupf suchen und dort bleiben, denn der Wald hatte alles, was sie brauchte, und er gab es ihr, wenn es an der Zeit war.

Ein Knurren in ihrem Bauch erinnerte sie daran, dass sie heute noch nichts gegessen hatte. Sie schaute sich um: Hier gab es keine Beeren oder anderen Früchte, die sie kannte. Hier gab es nur Blätter, Farn und Laub. Konnte man Farn essen? Sie schüttelte sich. Noch war der Hunger nicht stark genug, dass sie es ausprobieren würde. Sie suchte sich einen umgestürzten Baum, setzte sich, lehnte sich mit dem Rücken gegen den Stamm und schluchzte leise.

Als es im Laub raschelte, zuckte sie zusammen, schaute angstvoll auf, blickte sich um. Doch es war nichts zu sehen. Die Nacht war gekommen, hatte das letzte Grau des Himmels eingehüllt und vereinzelte, helle Punkte über ihr schwarzes Tuch gestreut. Nur dort, wo das Blätterdach nicht ganz so dicht war, konnte sie die Sterne sehen.

Ein Ast knackte. Erschrocken fuhr sie zusammen, rutschte tiefer. Sie versuchte, kein Geräusch zu verursachen, lauschte in die Nacht. Alles war still.

Ihre Augenlider wurden schwer. Der lange Tag des Weglaufens forderte seinen Tribut. Der Widerstand gegen die Müdigkeit schwand und bald war sie eingeschlafen.

Das Knacken von Zweigen ließ sie hochschrecken. Sie riss die Augen auf. Um sie herum war alles dunkel. Selbst die Stämme der umstehenden Bäume waren mit der Nacht verschmolzen. Strahlen vereinzelter Sterne fanden ihren Weg durch dichtes Blattwerk zu ihr herab. Hinter dem Baumstamm, an den gelehnt sie saß, war der Mond aufgegangen. Ein paar seiner Strahlen malten hellgraue Flecken auf den Waldboden, die der schwache Wind unruhig tanzen ließ. Irgendwo schrie ein Käuzchen.

Ein weiterer Ast knackte. Sie sprang auf. Die Geräusche des nachtdunklen Waldes drangen ungedämpft an ihr Ohr. Angstvoll huschte ihr Blick umher, versuchte, das Dunkel zu durchdringen. Doch kaum glaubte sie, einen Schemen erspäht zu haben, knackte oder raschelte es an einer anderen Stelle.

Schließlich gab sie auf und rollte sich im Windschatten des umgestürzten Baumstamms zusammen, dass auch sie in der Dunkelheit verschwand, mit dem Grün des Waldes verschmolz und einfach verschwand.

Doch es waren nicht die wärmenden Strahlen der Morgensonne, die sie das nächste Mal weckten. Sie hatte das Gefühl, den Boden unter den Füßen verloren zu haben. Irgendetwas war ihr um den Leib geschlungen und hob sie nun an. Für einen Augenblick hoffte sie, dass nichts geschah, wenn sie nur die Augen nicht aufschlug. Doch ihr war klar, wie widersinnig diese Hoffnung war. Sie öffnete die Augen – und starrte auf den unter ihr schwankenden Waldboden. Mechanisch begannen ihre Arme und Beine wild auszuschlagen, ehe ihr Blick zu der Stelle ihres Körpers ging, an der sie gehalten wurde. Kein Seil war dort zu sehen, kein Band und keine Schlinge. Das, was sie hielt, sah aus wie eine Hand, eine riesige, behaarte Hand.

Es dauerte eine Sekunde, bis ihr Schrei die Stille des Waldes zerriss. Er kam so plötzlich, dass sie merkte, wie die Hand, die sie hielt, unsicher wurde, zitterte. Das minimale Rutschen ihres Körpers ließ sie nur noch lauter brüllen.

Sie wurde erst leiser, als ihr langsam klar wurde, dass niemand sie hören konnte. Selbst in dem kleinen Dorf, aus dem sie am Morgen aufgebrochen war, würde ihr Schreien nur noch als leises

Wimmern zu vernehmen sein – wenn dort überhaupt jemand wach war, um es zu hören. Niemand würde sich aufmachen, ihr zu helfen. Niemand würde des Nachts in den dunklen Wald aufbrechen. Niemand würde kommen, sie aus dieser Riesenhand zu befreien. Das musste sie selber tun.

Noch während ihr Schrei leiser, kontrollierter wurde, versuchte sie, sich nach dem Arm umzudrehen, an dem die Hand hing. Es wollte ihr nicht gelingen. Stattdessen drehte sich der Wald plötzlich um sie. Instinktiv schloss sie die Augen.

Als sie sie wieder öffnete, sah sie in zwei riesige Augen, die tief in runzeliger, sonnengegerbter Haut lagen. Zwischen ihnen konnte sie eine platte Nase erkennen, aus der ihr Schwaden modrigen Atems entgegenstoben. Ihr Schrei erstarb.

Sie schaute auf, sah in diese Augen, versuchte, in ihnen zu lesen, zu fühlen, was sie erwartete, so, wie sie es immer bei den Bewohnern des Dorfes, bei ihren Eltern getan hatte. Doch sie merkte, dass das hier anders war. Es wollte nicht gelingen.

„Was bist du?", stieß sie hervor, den Blick starr auf die Augen gerichtet.

Als Antwort kam ein tiefes Grollen.

„Was …" Sie verstummte. Langsam floh ihre Angst der Erkenntnis, dass diese Augen, diese bedrohlich großen Augen, mehr Erstaunen ausdrückten, als sie eine Bedrohung darstellten. Sie spürte, wie ihr Herzschlag langsamer, ihr Atem ruhiger wurde. Sie versuchte, den Kopf zu drehen, um mehr von dem Etwas erkennen zu können, zu dem die Augen gehörten. Etwas Gutmütiges, Beruhigendes flammte darin auf, während sie eindringlich die langen Arme und den riesigen, behaarten Körper musterte, die zu den Händen gehörten, die sie hielten.

„Bist du …" Für einen Moment suchte ihr Gehirn nach dem richtigen Wort. „… ein Bigfoot?"

Wieder antwortete ihr ein tiefes, beruhigendes Grollen. Sie nahm es als eine Bestätigung ihrer Frage.

Sie spürte, wie eine Träne ihre Wange hinunterrollte. Ein Kloß bildete sich in ihrem Hals, schnürte ihr die Kehle zu. Die Anspannung der vergangenen Stunden brach sich Bahn und sie begann leise zu schluchzen. Ihre Brust bebte und die Tränen liefen ohne Unterlass.

Plötzlich bewegte sich die Hand, die sie hielt, zog sie sachte näher heran. Sie schloss die Augen, während sich ihr Kopf an dem seinigen vorbeibewegte, spürte das warme, weiche Fell, in das sie gedrückt wurde, und die schwere Hand, die ihr vorsichtig den Rücken tätschelte, während sie ihr Gesicht an die Schulter des Riesen lehnte und ihren Tränen und ihrem Schluchzen freien Lauf ließ.

Langsam verebbte das Schluchzen, wurde zu einem Wimmern und erstarb vollends. Nur die Atembewegungen des Mädchens an der Schulter des Ungetüms waren noch zu sehen.

Plötzlich zuckte das Mädchen zusammen und riss die Augen auf. Da war es wieder, das bekannte Geräusch, das sie ein Leben lang verfolgt hatte: Ein an- und abschwellendes Brausen, sich stetig wiederholend. Sie kannte das Geräusch, die Verlockung, die es in ihr auslöste. Sie hob den Kopf ein wenig, versuchte zu orten, woher das Geräusch kam.

Das Brausen war wieder da.

Instinktiv griffen ihre Hände in das zottelige Fell, krallten sich fest, zogen den Körper nach. Langsam zuerst, doch immer schneller werdend.

Das Brausen wurde lauter.

Sie spürte, wie ihre Füße den Halt verloren, während sie sich langsam hochzog. Die Schuhe rutschten ihr von den Füßen. Sie achtete nicht darauf.

Das Brausen nahm zu.

Zielstrebig arbeitete sie sich weiter durch das Fell des Riesen, zog sich an seiner Schulter hoch, legte ihren Kopf in seine Halsbeuge.

Das Brausen wurde ohrenbetäubend. Es rief sie zu sich.

„Es ist an der Zeit", dachte sie, als sie den Kopf in den Nacken legte. Sie schloss die Augen und öffnete den Mund. Instinktiv und ohne ihr Zutun schoss der Kopf vor und biss zu, so tief es ihr möglich war. Sie spürte das Beben, das durch den massigen Körper lief, doch sie krallte sich fest. Sie spürte die Hand, die nach ihr griff, doch ihre Hände griffen nur noch tiefer in das zottelige Fell. Sie hörte den Schrei, der markerschütternd durch den Wald hallte, doch sie konzentrierte sich auf das Blut, das als warmer

Schwall in ihren Mund pulste. Sie spürte die Lebenskraft, die damit in ihren Körper drang, ihr Kraft gab, mehr Kraft, um sich weiterhin festzuhalten, als der Riese unvermittelt aufsprang. Wie wild um sich schlagend, versuchte er, sie abzuschütteln. Doch das Blut quoll nur schneller in ihren Mund. Sie spürte, wie die Kraft, die es ihr verlieh, durch ihren Körper wogte. Sie kannte dieses Gefühl. Sie hatte es schon oft genossen. Sie wusste nur nicht, dass es so lange anhalten konnte, dass so viel Blut kam, so viel Kraft, so viel Wildheit.

Sie hielt die Augen geschlossen, achtete nicht darauf, dass der Riese losgelaufen war, um sein Leben rannte, wobei der Feind auf seiner Schulter saß. Immer schneller pumpte das große Herz das Blut in die Wunde, drückte es dem Mädchen entgegen, dass sich allen Abwehrbewegungen zum Trotz auf der Schulter hielt.

Dann, mitten in der Bewegung, hielt der Riese an. Das Blut versiegte. Der massige Körper kippte nach vorne und fiel dumpf zu Boden. Das Mädchen rollte sich beiseite und betrachtete den reglosen Körper neben sich. Dann stand es auf, ging zu ihm hinüber und schaute in die gebrochenen Augen.

„Armer Bigfoot", meinte sie, als sie sich zu ihm hinunterbeugte und sich mit seinem Fell ihr Gesicht sauber wischte. Es war viel Blut gewesen, das er ihr gegeben hatte. Sie spürte seine Wildheit weiter in sich brodeln. Sie würde die Kraft nutzen, die Zeit, die sie gewonnen hatte, um die Wildnis zu durchqueren, um wieder auf Zeichen der Zivilisation zu stoßen, eine Stadt vielleicht, die ihr Sicherheit bot. Bis es wieder an der Zeit war.

Sie stand auf, orientierte sich und ging los. Ein kleines Mädchen in der grenzenlosen Wildnis des Waldes …

Andrea Senf

Farbenspiel des Wandels

Vier Wochen Irland. Vier Wochen grasgrün, unterbrochen von unfassbaren Mengen überwiegend weißer, aber auch schwarzer wollweicher Schafspunkte. Vier Wochen Zeit für Uwe und mich, um unsere marode Ehe zu kitten. Vier Wochen Auf-und-Ab-Erholung, nicht nur fürs Auge, denn auch Herz und Seele mussten mit.

Damit wir diese lange Zeit auch wirklich bewusst erleben und für unsere Paarbindung nutzen konnten, hütete meine Schwiegermutter Uschi unser Haus.

Die Zeit auf der grünen Insel tat uns und unserem Eheleben ausgesprochen gut. Manches relativierte sich.

Als wir nach dieser langen, durchaus in Ansätzen positiven, Reise nach Hause kamen, erwartete uns Uschi bereits an der Haustür. „Ich habe eine Überraschung für euch!", rief sie, und ihre Augen strahlten vor stolzer Erwartung.

Wir sahen ihr über die Schulter.

„Mega!", rief ich. „Du hast die Diele gestrichen - Uschi, du bist ein Schatz!" Ich freute mich wirklich riesig, denn eine Renovierung wäre schon längst notwendig gewesen, aber Uwe und ich hatten das bisher vor lauter Karrierestress, vielleicht auch aus Desinteresse, nicht geschafft und schließlich zugunsten unseres Eherettungsurlaubs auf die lange Bank geschoben.

So standen wir jetzt umso glücklicher in besagter Diele und ließen das fröhliche Birkengrün auf uns wirken. Sauber hatte sie das hinbekommen, wirklich sauber, hell und schön!

Im Türrahmen zum Wohnzimmer blieb Uwe abrupt stehen. „Wow", war sein einziger Kommentar.

Ich stellte mich auf die Zehenspitzen, lugte über seine Schulter und traute meinen Augen kaum. Unser Wohnzimmer hatte zwei apfelgrüne und zwei maigrüne Wände bekommen. Über unserem weißen Designersofa lag ein schilfgrünes Häkeldeckenmonster, farblich im Einklang mit unseren kaum wieder zu erkennenden vier Wänden. Mit offenen Mündern standen wir da, unfähig auch nur zu schlucken.

Um es kurz zu machen: Die Küche erstrahlte in aufmunterndem Limettengrün, vermutlich eine Anspielung auf meine Kochkünste, unser Bad berauschte uns ab sofort in Lindgrünmarmoriert. Für das Schlafzimmer hatte sie besinnliches Waldgrün in matt mit Glitzerelementen ge-

wählt, und auch hier gab es eine neue Tagesde-
cke. Häkeloptik in Moosgrün erstreckte sich
über unser Doppelbett. Tödlich, für die gerade
neu erwachten Begehrlichkeiten unseres Ehele-
bens.

Das Haus, unser Haus, war überhaupt und ins-
gesamt kaum mehr zu erkennen. Überall ging
Grün Arm in Arm. Ausnahmslos alle Räume
wurden frisch gestrichen. Mal glänzend, mal
matt, mal gewischt und mal beglitzert. Eines war
uns schlagartig klar: Gelangweilt hatte sich Uschi
in den vier Wochen unseres Urlaubs hier nicht.

„Weißt du Uwe, irgendwie vermisse ich etwas
Mintgrünes", zischte ich meinem Mann zu, als
wir uns vom ersten Schock erholt hatten.

„Sei still, wir waren noch nicht im Keller!",
raunte er zurück. Ob das nun Galgenhumor
oder eher aufblitzende nackte Angst war, konnte
ich auf die Schnelle nicht erfassen.

Befragt nach ihrer Motivation, unser gesamtes
Haus zu begrünen, antwortete Uschi: „Ihr habt
mir doch am Telefon immer vorgeschwärmt,
wie gut euch dieses viele Grün tut! Natürlich habe ich auch gemerkt, dass ihr euch wieder viel

besser versteht, ich bin ja schließlich nicht doof."

Das haben wir an dieser Stelle vorsichtshalber nicht kommentiert. Vielmehr haben wir beschlossen, Uschi während eines eventuell möglichen nächsten Urlaubs nicht in unserem Zuhause einzuquartieren. Es ist deutlich billiger, das Haus ausgeraubt und die Blumen verdurstet vorzufinden, als komplett neu renovieren zu müssen, ohne den Schaden bei irgendeiner Versicherung geltend machen zu können.

Ob und wie es uns gelingen könnte, den momentan abwesenden Familienfrieden wiederherzustellen, wissen wir noch nicht. Verletzter Stolz braucht Zeit. Vielleicht sollten wir Uschi einen vierwöchigen Irland-Urlaub schenken. Grün beruhigt schließlich, und es wirkt ausgleichend, das sagt zumindest mein Psychiater.

Sina Blackwood

Wie man in den Wald
hinein ruft ...

Amphimedon war zu Lebzeiten ein durch und durch mieser Bursche gewesen. Ein Heiratsschwindler, Lügner und Betrüger, der so geschickt vorging, dass ihm niemand das Handwerk legen konnte. Seinetwegen hatten unzählige junge Mädchen den Freitod gewählt, um übler Nachrede zu entgehen.

Das fiel Hades natürlich ziemlich schnell auf, weil sonst nur Kriege oder Seuchen Mädchen der fraglichen Altersklasse in solch hohen Zahlen in sein Reich eingehen ließen. Nur gab es, außer den üblichen Scharmützeln der Kleinkönige, keine Ereignisse solcher Art.

Hermes, der Bote, heftete sich schließlich auf Hades' Bitte für ein ganzes Jahr unsichtbar an Amphimedons Fersen. Sein Bericht, als er nach erfülltem Auftrag zurückkam, erschreckte selbst den finsteren Gott der Unterwelt.

„Elf junge Mädchen und fünf Witwen, hat er in den letzten 12 Monaten auf dem Gewissen!", stieß Hermes zornig hervor. „Und die Pseudea, die Lügen, seine Schutzgöttinnen, reiben sich die Hände, wie gut sie darin sind, die Götter des Olymp für solchen Frevel blind zu machen."

Hades entlohnte Hermes für seine Mühen, dann begab er sich geraden Weges auf den Olymp, um sich mit Zeus zu beraten.

Der Götterkönig fiel buchstäblich aus allen Wolken, als ihm der Herr der Unterwelt Bericht erstattete. Er, der für seine vielen amourösen Abenteuer bekannt war, hatte zwei seiner menschlichen Geliebten schon schmerzlich vermisst, als deren Aufenthaltsort ihm Hades nun sein Reich nennen konnte. Zeus hatte sich stets zu seinen vielen illegitimen Kindern bekannt, auch wenn denen und deren Müttern Hera, seine Gattin, dann das Leben vergällte.

„Leben vergällen ist eigentlich eine recht brauchbare Idee", grinste Hades. „Ich hätte da einen Plan, der nur funktionieren würde, wenn du ihn unterstützt. Ich werde Kerberos den Befehl geben, Amphimedon am Tag seines Todes nicht in die Grotte zu meiner Welt eintreten zu lassen. Wenn er kehrtmacht, und sich freudig die Hände reibt, solltest du ihn in ein Wesen verwandeln, das gegen Kannibalismus der eigenen Art oder nach dem Liebesakt um sein Leben kämpfen muss."

Zeus rieb sich die Hände. „Ha! Das ist genial! Oh ja. Ich werde ihn leiden lassen. Ich werde ihm zudem seine menschlichen Gefühle und Gedanken nicht nehmen, damit er die Strafe auch als solche empfinden kann. Drei Mal werde ich ihm die Qualen gönnen, ehe er in dein Reich eingehen darf. In welcher deiner Ebenen du ihn dann für die Ewigkeit unterbringst, überlasse ich ganz deiner Fantasie."

Dass er nach Hades' Abreise die Pseudea für volle drei Tage in Arrest setzen ließ, sollte das Ableben des Verhassten ein bisschen beschleunigen. Der Plan ging auf. Schon am zweiten Tag wurde Amphimedon vom Bruder einer Witwe auf frischer Tat beim erzwungenen Liebesakt ertappt und ziemlich unspektakulär durch einen Dolchstich mitten ins Herz vom Leben zum Tode befördert.

„Hm. So schmerzarm hatte ich mir das nicht vorgestellt", brummte Zeus unangenehm überrascht. „Da werde ich mir halt bei dem, was nun kommt, besondere Mühe geben."

Amphimedons Seele begab sich also auf den langen Weg zu Hades. Endlich tauchte in der Ferne der Eingang zur Unterwelt auf, als auch schon Kerberos aus seinem Versteck sprang, ihm geifernd und zähnefletschend den Weg versperrte, wobei Hades' Stimme erklang: „Du bist hier nicht erwünscht!"

„Dann eben nicht", grinste Amphimedons Seele, sich bereit machend, in den Körper zurück zu schlüpfen, der gerade für das Begräbnis vorbereitet werden sollte. Nur verging die gute Laune recht schnell und verwandelte sich in allertiefstes Entsetzen, als seine Seele in den Körper eines Männchens der Spinnenart ‚Schwarze Witwe' gezogen wurde, das am Rand des Grabes im Gras gesessen hatte. Wenige Sekunden genügten, ihm klarzumachen, dass es ein äußerst harter Kampf ums Überleben werden würde. Nicht nur, dass die Menschen nach ihm schlugen, nein, es trachteten ihm Vögel und anderes Getier nach dem Leben! Es half auch nicht, sich im üppigen Grün der Vegetation zu verstecken. Genau so wenig nutzte es, die Götter um Gnade anzuflehen. Die blieben ihm gegenüber kalt, wie er seinen Opfern. Zudem überkamen ihn recht schnell die alten Gelüste, von denen er sich lieber hätte fernhalten sollen, um wenigstens die drei Jahre Lebensdauer seiner neuen Existenz durchzustehen. Er näherte sich also einem der viel größeren, stärkeren Weibchen seiner Art, um das alte Spiel zu beginnen. Er suchte sich ein noch nicht ausgereiftes Exemplar aus, fesselte es mit seinen Spinnenfäden in dessen eigenem Nest, um dann rasch die Paarung zu vollziehen. Voller Entsetzen bemerkte er, dass sich die Dame plötzlich von seiner Umgarnung befreite, ihm ungerührt ihr Gift injizierte, worauf sie ihn als Nachthäppchen verzehrte. Ja, diesmal hatte es richtig weh getan. Der schmerzhafte Biss, das Gefühl, ganz langsam gelähmt zu werden, um noch halb bei Bewusstsein ausgesaugt zu werden. Amphimedon bettelte um den Tod. Die Götter blieben hart.

So stand seine Seele rasch wieder vorm Tor der Unterwelt, bat auf Knien und mit erhobenen Händen, eingelassen zu werden. Keine Chance. Man jagte sie erneut davon.

Für das Kommende hatte sich Zeus etwas ganz Perfides ausgedacht. Er ließ Amphimedon als Lachs aus einem Ei schlüpfen und befahl den Schicksalsgöttern, darauf zu achten, dass er auch wirklich das Erwachsenenalter, sowie die Laichgründe erreichte. Amphimedon verfluchte sein

Schicksal in dem Augenblick, als er begriff, in welcher Art Fisch er steckte. Ein ganzes Leben voller Kampf und Mühen, nur um nach der ersten Paarung völlig ausgezehrt zu sterben. Da war es auch wenig tröstend, die letzten Tage die wundervollsten Wiesen- und Waldlandschaften zu durchschwimmen.

„Weil es gerade so schön feucht ist, hätte ich Lust, ihn noch ein bisschen länger zu quälen", wandte sich Zeus an Hades.

„Du bist der König. Du machst die Regeln. Ich werde mich ganz bestimmt nicht widersetzen, zumal er es verdient hat", grinste Hades, neugierig, was sich Zeus diesmal einfallen lassen werde.

Als Lachs Amphimedon nach erfolgreicher Paarung sein Leben aushauchte und der ausgemergelte Kadaver nur noch als Futter für die Raben taugte, bettelte seine Seele erneut vergeblich um Einlass ins Totenreich. Zeus expedierte sie zurück zum Wasser, wo er sie in ein frisch befruchtetes Ei eines lebendgebärenden Sandhai-Weibchens steckte.

Amphimedon, stolz, bald als respektabler Hai geboren zu werden, um andere das Fürchten zu lehren, ahnte nicht, welch Horror ihn gleich darauf erwarten werde. Es gab nämlich zwei Eier, die einen Tag vorher befruchtet worden waren. Und den beiden Geschwistern wuchsen so eher Zähne, als Amphimedon in seinem Ei. Er konnte auch nicht wissen, dass es zum Geheimnis dieser Art gehörte, einem vorgeburtlichen Kannibalismus zu frönen, indem die beiden Ältesten zuerst ihre Dottersäcke und schließlich ihre jüngeren Geschwister auffraßen. Genau das sollte er aber am heutigen Tag herausfinden. Damit es sich richtig lohnte, hieß Zeug das hungrige ältere Geschwistertier, seinen entsetzten Bruder vom Schwanz an aufwärts zu fressen. Was dieses auch in kleinen Happen tat. Amphimedon hauchte auf wirklich elende Weise erneut sein Leben aus, noch bevor es überhaupt begonnen hatte.

„Interessantes Intermezzo", stellte Hades schadenfroh kichernd fest.

Amphimedon stand also schon wieder vorm Tor zur Unterwelt, warf sich in den Staub, bettelte mit erhobenen Händen, eingelassen zu werden, schwor tausend Eide und wurde doch davon gejagt.

Und weil er auf dem Rückweg zum Meer, immer wieder bittend die Hände zum Olymp hinauf streckte, um erlöst zu werden, machte ihn Zeus zu einem Fangschrecken-Männchen. Einer wundervoll grasgrünen männlichen Gottesanbeterin, mit der gleichen zum Himmel gewandten Geste der Vorderbeine.

„Grün, die Farbe der Hoffnung?", staunte Hades, worauf Zeus schallend lachte: „Er wird nie wissen, ob das Weibchen, mit dem er sich gerade paaren will, satt ist, oder sich ihn als nächste Mahlzeit noch während der Vereinigung gönnt. Ich möchte glatt ein Wettsystem ins Leben rufen, wie lange er das neue Spiel lebend übersteht."

Amphimedon frönte recht schnell seiner alten Leidenschaft, zumal das Weibchen, das er ins Auge gefasst hatte, einen unwiderstehlichen Lockstoff abgab. Ob es Zufall war, oder Zeus seine Finger im Spiel hatte, war nicht ganz klar. Irgendwie schaffte es Amphimedon, dem plötzlich zufassenden Beinpaar seiner Partnerin zu entgehen. Sein Entsetzen dauerte nur zwei Tage, dann hatte er das nächste Weibchen im Visier. Er führte sogar einen Tanz auf, um sie friedlich zu stimmen. Er atmete tief durch, als er sich nach vollbrachter Tat von ihr lösen konnte. Im selben Moment fühlte er einen stechenden Schmerz und einen Wimpernschlag später grub sie ihm schon ihre Mundwerkzeuge ins Genick, um ihn, Kopf voran, ganz gemächlich aufzufressen. Sie brauchte die Energie, um ihre Eier legen zu können, ehe sie wenige Tage danach ebenfalls starb, so wie es ein Fangschreckenleben eben vorsah.

Und wieder trabte Amphimedons Seele zum Tor der Unterwelt.

„Soll ich ihn einlassen?", fragte Hades bei Zeus an, als Amphimedon jammernd vor Kerberos auf den Knien lag.

„Meinetwegen. Ich möchte ihm allerdings dauerhaft die Gestalt der Fangschrecke und das menschliche Empfinden lassen."

„Kein Problem. Die Seele des Weibchens, das ihn zur Strecke gebracht hat, ist ja auch schon hier und langweilt sich. Ich werde ihn also auf die herrlichen blühenden Wiesen schicken, wo er recht schnell kapieren wird, dass Grün nicht immer Hoffnung bedeutet", grinste Hades. „Da kann er bis in alle Ewigkeiten auskosten, was er anderen angetan hat."

„Hahaha, das ist fast noch genialer als Sisyphos' Stein oder Damokles' Schwert!", lachte der Götterkönig. „Komm, mein Bester, darauf genehmigen wir uns einen Absinth, weil der so schön grün ist!"

Und während die beiden becherten, wurde Amphimedon von Charon über den Styx gebracht, wo er bis zum Ende aller Zeiten Gelegenheit hatte, Tag für Tag Grün zu verfluchen. Denn jeden Morgen begann das immer gleiche Spiel um Leben und Tod von vorn. Da half es auch nicht, um Erlösung betend, die Vorderbeine in die Luft zu strecken.

Dieter Stiewi

Das Gold der grünen Insel

Ich hatte diesen Feenstein ausgesucht, weil er in der Nähe des Cottages lag, in dem ich meinen Irlandurlaub verbrachte. Einheimische hatten gesagt, es sei gefährlich, den Stein aufzusuchen. Dort würden Feen und Kobolde wohnen. Doch das hatte meine Neugier nur angestachelt, sodass ich den halben Tag durch Unterholz und über eingezäunte Weiden gelaufen war. Ein Rinnsal floss hier durch eine kleine Senke und die Sträucher und Bäume standen dicht beieinander und waren von einem alten Stacheldrahtzaun umfriedet. Ich hatte ihn schnell überwunden. Vielleicht wäre es einfacher gewesen, das Unterholz zu umrunden, doch das kam mir erst in den Sinn, als ich vorsichtig die ersten Steine erklomm.

Den Kleinen in der seltsamen, grünen Jacke und dem grünen Filzzylinder sah ich erst, als ich schon fast oben war. Er saß mit dem Rücken zu mir auf dem obersten Stein und ließ die Beine gedankenverloren über dem Abgrund baumeln. Ich war mir sicher, dass er mich bereits wahrgenommen hatte. Schließlich hatte ich mich nicht versteckt, auch wenn ich aus seiner Position vielleicht nur schwer auszumachen war.

Ich stand also auf, ging ein wenig unsicher zu ihm hinüber und legte ihm vorsichtshalber die Hand auf die Schulter, um ihn halten zu können, wenn er vor Schreck abrutschte. Ich spürte, wie er zusammenzuckte.

Vorsichtig beugte ich mich vor und schaute über ihn hinweg nach unten. „Geht ziemlich tief runter", stellte ich fest.

„Was geht's dich an?", gab er mürrisch zurück.

„Ich hatte nur Sorge, dass du abrutschst, stürzt und dich verletzt."

„Ach, ja?"

Ich spürte, wie er sich bewegte. Ein wenig lockerte ich meinen Griff, damit er aufstehen konnte. Er drehte sich um und sah mich an. Obwohl er höchstens ein Meter zwanzig groß war, war sein Gesicht voller Falten, umrahmt von einem roten Vollbart. Seine Augen blitzten zornig.

„Ja", erwiderte ich möglichst gleichmütig. Ich spürte den Ärger in ihm wachsen, doch ich wusste, dass ich das Richtige tat.

„Und jetzt?", meinte er wütend.

„Und jetzt?", entgegnete ich fragend.

Missmutig fuhr er fort: „Na, du weißt doch. Jetzt, wo du mich gefangen hast, muss ich dir meinen Topf voll Gold geben."

„Ein Topf voll Gold?"

„Natürlich. Wenn man einen Leprechaun ergreift, bekommt man sein Gold. Und schließlich bin ich ein Leprechaun!"

Ich lachte. „Wenn du das sagst ..." Dann setzte ich mich auf den Stein und schaute über die grüne Wiese gen Sonnenuntergang.

„Dass das so ist, weiß doch jedes Kind!"

„... in Irland", fügte ich hinzu.

„Natürlich in Irland. Wo sollten wir sonst sein?"

„Ich bin nicht aus Irland."

Nachdenklich setzte er sich neben mich. Nach einer Weile meinte er: „Kommst du aus England?"

Ich schüttelte den Kopf. „Deutschland!"

„Kenne ich nicht. Ist sicher ziemlich klein, oder?"

Für einen Moment überlegte ich, etwas zu erwidern. Doch was würde das bringen? Also fragte ich nach: „Hast du viel?"

„Was?"

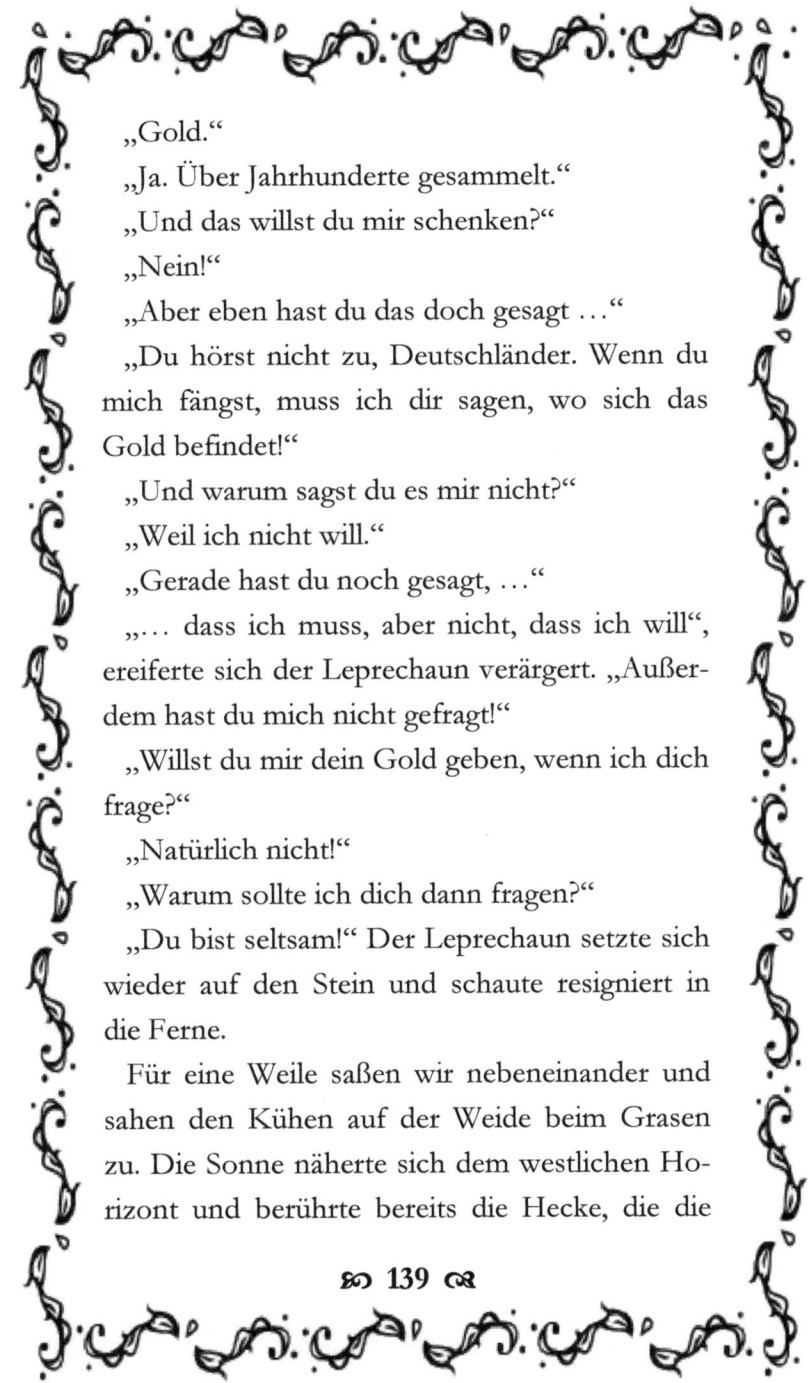

„Gold."

„Ja. Über Jahrhunderte gesammelt."

„Und das willst du mir schenken?"

„Nein!"

„Aber eben hast du das doch gesagt …"

„Du hörst nicht zu, Deutschländer. Wenn du mich fängst, muss ich dir sagen, wo sich das Gold befindet!"

„Und warum sagst du es mir nicht?"

„Weil ich nicht will."

„Gerade hast du noch gesagt, …"

„… dass ich muss, aber nicht, dass ich will", ereiferte sich der Leprechaun verärgert. „Außerdem hast du mich nicht gefragt!"

„Willst du mir dein Gold geben, wenn ich dich frage?"

„Natürlich nicht!"

„Warum sollte ich dich dann fragen?"

„Du bist seltsam!" Der Leprechaun setzte sich wieder auf den Stein und schaute resigniert in die Ferne.

Für eine Weile saßen wir nebeneinander und sahen den Kühen auf der Weide beim Grasen zu. Die Sonne näherte sich dem westlichen Horizont und berührte bereits die Hecke, die die

Wiese dort begrenzte, als der Leprechaun plötzlich meinte:

„Die Welt hat sich verändert."

Ich nickte. „Das stimmt wohl."

„Früher waren die Menschen so scharf auf unser Gold, dass sie uns gejagt haben, um uns zu zwingen, zu sagen, wo es versteckt ist. Und wir haben uns alle möglichen Zauber ausgedacht, um es zu schützen - selbst dann, wenn wir dessen Versteck preisgeben mussten. Und heute fragt ihr nicht einmal mehr danach. Viele von euch glaubt gar nicht, dass es uns gibt!"

„Tatsächlich?"

Der Leprechaun nickte. „Hat dir jemand gesagt, dass ich hier lebe?"

Ich dachte an die Worte der Einheimischen und schüttelte den Kopf.

„Da siehst du es: Die Menschen vergessen uns! Sie vergessen ihre Vergangenheit. Und ohne Menschen ist unser Leben immer langweilig."

„Hast du deswegen hier oben gesessen, als ich kam?"

Er nickte. „Und weil ich hier meinen Hort habe. Aber ihr seid ja so blind geworden, dass ihr über den Eingang hinwegklettert, ohne es zu merken! Wir brauchen ihn nicht einmal durch Zauber zu schützen."

„Ach", meinte ich und ging in Gedanken noch einmal den Weg durch, auf dem ich den Felsen erklommen hatte. Ja, da war zwischen zwei Steinen ein Spalt gewesen, durch den man sich hätte zwängen können. Dann meinte ich: „Du hast Recht. Wir haben so viel vergessen" und überlegte, dass ich am nächsten Tag unbedingt noch einmal hierherkommen und den Spalt inspizieren musste. Ein Topf voll Gold …

Iris Fritzsche

Wahrheit und Traum

Also, da war letztens diese Werbung im Radio. Darin war die Rede, dass man sich vorstellen soll, man wäre in Irland. Dem Land wo die Kühe auf saftig grünen Wiesen weiden. Und dann daraus Milch produzieren, welche danach wiederum zur Herstellung schmackhafter Butter verwendet wird. Ich schloss meine Augen und versuchte, mir das vorzustellen. Plötzlich machte es klick in meinem Hirn. Ja, natürlich! Dass ich daran nicht gedacht hatte! Irland! Das Land, welches auch als Grüne Insel bezeichnet wurde. Der Nabel allen Grüns!

Mal kurz überlegen. Was fällt mir in diesem Zusammenhang so alles Grünes ein?

Fangen wir mal mit der Landesfahne an. Ok, ganz grün ist sie nicht. Aber Grün ist drin. Weiter. Es gibt viel Landwirtschaft, viele Felder und Wiesen. Womit wir wieder bei der Werbung mit den grünen Wiesen wären. Kühe? Nein, die sind natürlich ebenso wenig grün, wie die Milka-Kühe wirklich lila sind.

Gut, wäre auch das geklärt.

Kommen wir zur Nationaltracht. Hier hat Grün einen großen Anteil. Die Haarfarbe der meisten Iren ist allerdings nicht grün, sondern rot.

An dieser Stelle schießt ein weiterer Gedanke durch meinen Kopf. Grünes Wams und rote Haare – da war doch noch was? Allerdings gerate ich jetzt in den Bereich der Sagen und Mythen. Richtig! Es gibt nämlich auch in Irland viele Kobolde, Elfen und Feen. Tief in dieser magischen Welt ist vor allem eine Gestalt verwurzelt, der Leprechaun. Er ist etwas ganz Besonderes. Gekleidet in der typisch grünen Nationaltracht Kniebundhose, Jacke und einem breitkrempigen spitzen Hut. Er gehört zum Volk der Feen. In manchen Erzählungen wird er sogar als deren Schuhmacher bezeichnet (Aha! Daher haben die also die neckischen Schuhe die vorn spitz zu laufen und so einen umgeklappten Einstieg haben.). Das war mir neu. Bisher hatte ich ihn immer den Kobolden zugeordnet. Aber vielleicht stimmt ja beides.

Ich bin diesem kleinwüchsigen Gesellen letzte Nacht im Traum begegnet. Lag wohl daran, dass ich am Abend zuvor so oft an ihn gedacht hatte.

Mit seinem roten Haar und der grünen Kleidung habe ich ihn sofort erkannt. Er setzte sich mir gegenüber auf einen großen Stein und wollte ein wenig mit mir plaudern. Gut, dass es in Träumen keine Sprachprobleme gibt! Er erzählte von seiner irischen Heimat und den dort lebenden Menschen, zu denen er mitunter Kontakt hatte. Er schien sehr hilfsbereit und kein bisschen fies zu sein. So erfuhr ich, dass er zur Familie der Naturgeister gehört und seit vielen hundert Jahren tief in den Geschichten der Iren verwurzelt ist. Allerdings ist er sehr einsam, weshalb er wunderliche Charakterzüge angenommen hat. Zum Beispiel fiel mir auf, dass er darauf achtete stets mindestens eine Armlänge Abstand zu halten. Außerdem schaute er sich ständig nach allen Seiten um.

Als ich ihn darauf ansprach, hüpfte er noch ein Stück weiter weg und rief: „Bleib weg! Berühr mich nicht!"

Verwundert blickte ich ihn an. Ich wollte ihm doch nichts tun, nur mit ihm reden. Aber irgendetwas war schief gelaufen. So wechselte ich das Thema, erzählte von mir, meinen Träumen und Wünschen. Schon komisch, jemandem im Traum von seinen Träumen zu erzählen. Dabei versuchte ich alles in möglichst lebhaften Farben darzustellen. Aufmerksam lauschend schien er wieder ein winziges Stück näher heranzurücken. Deshalb wurde ich mutiger. Von meinen Urlaubserlebnissen erzählte ich. Vor allem von meiner Vorliebe für Wasserfälle. Doch das war wohl falsch, denn sofort rückte er wieder ein Stück weg. Es musste etwas Besonderes auf sich haben mit den Wasserfällen. Zunächst tat ich, als hätte ich seine Reaktion nicht bemerkt. Ich schwärmte weiter von den Wasserfällen, der darin glitzernden Sonne und den leuchtenden Regenbogen die sich dabei in der Gischt zeigten. Damit hatte ich wohl den wunden Punkt getroffen.

Schreiend versteckte er sich hinter dem Stein. „Nein, nein!", rief er lauthals. „Nicht den Regenbogen anfassen!"

Keine Ahnung, was er damit meinte. Den Regenbogen kann man doch nicht anfassen. Plötzlich dämmerte es mir. Es gab da diese alte Geschichte von dem Topf mit Gold, der sich am Ende des Regenbogens befinden sollte. War da wirklich etwas dran? Ich musste ihn einfach danach fragen!

„Dummes Mädchen!", kam seine Stimme hinter dem Stein hervor. „Natürlich stimmt das! Aber der Topf ist MEIN!"

Okay, das mochte ja in seiner Welt richtig sein, aber nicht in meiner. Das sagte ich ihm auch.

Langsam, immer noch misstrauisch, kam er hervor. „Und für euch Menschen ist der Topf wirklich nicht erreichbar?"

Heftig nickte ich mit dem Kopf. Mit einem befriedigten tiefen Atemzug schwang er sich wieder auf den Stein. Im Hintergrund ging langsam die Sonne auf. Die Nacht war fast vorbei. Mein Traum neigte sich dem Ende zu. Um ihm für die interessante Unterhaltung zu danken, legte ich ein Gänseblümchen vor seine Füße. Anfassen durfte ich ihn ja nicht. Mit einem breiten Lächeln nahm er die Blume. An deren Stelle legte er ein Geldstück für mich und verschwand.

Kurz darauf erwachte ich, schüttelte den Kopf über meinen seltsamen Traum und schlug die Decke zurück. Dabei klimperte es plötzlich. Schlaftrunken hob ich eine kleine goldene Münze von der Größe eines Cent-Stückes vom Boden auf.

Stewie D.

WalkingLene19

Das erste Mal, dass ich Katrin sah, war Zufall. Am Empfang des Krankenhauses hatte man mir die falsche Nummer gesagt, als ich nach dem Zimmer eines Freundes gefragt hatte. In dem Raum, den ich betrat, war nur ein Bett. Darin lag sie, über Schläuche und Kabel mit einer Vielzahl von Maschinen verbunden. Sie hatte die Augen geschlossen und schien zu schlafen, während das Piepen und Surren der Geräte den Raum erfüllte.

Leise schlich ich mich wieder hinaus, um an der nächsten Theke nach der Zimmernummer meines Freundes zu fragen. Ich bekam sie von einer netten Krankenschwester.

„Also doch ein Zahlendreher", meinte ich.

Sie stutzte. „Welches Zimmer hat man Ihnen denn genannt?"

Ich nannte ihr die Nummer, sie lächelte.

„Das ist Katrin. Die Arme liegt seit zwei Monaten im Koma."

„Das tut mir leid, dass ich sie gestört habe."

„Sie haben sie sicher nicht gestört", erwiderte die Krankenschwester. „Die Arme bekommt keinen Besuch. Und dabei ist Ansprache für sie das Wichtigste."

Instinktiv hakte ich nach. „Hat sie keine Verwandten?"

Die Krankenschwester schüttelte traurig den Kopf. „Keine Ahnung. Wir haben gesucht, aber bisher hat sich niemand gemeldet. Laut den Akten hatte sie einen schweren Unfall. Wer weiß, wer sonst noch dabei war und es vielleicht gar nicht überlebt hat …"

Ich nickte nachdenklich verstehend, ging dann jedoch zu dem Zimmer, in dem mein Freund lag.

Wenige Tage später war ich erneut in diesem Krankenhaus. Mein Freund hatte die Operation gut überstanden und ich wollte ihn noch ein wenig aufmuntern. Unterwegs hatte ich einen kleinen Blumenstrauß besorgt. Nicht für ihn, sondern für Katrin. Ich wusste nicht genau, warum, aber ich war mir sicher, dass sie sich freute, wenn sie ihn sähe. Ich schaute in ihr Zimmer. Alles war unverändert: Sie lag dort mit geschlossenen Augen, verbunden mit den Maschinen. Eine Weile blieb ich in der Tür stehen und betrachtete sie. Dann fiel mir der Blumenstrauß in meiner Hand ein. Ich wandte mich um und ging zurück zur Theke, gab ihn der diensthabenden

Krankenschwester und nannte die Nummer von Katrins Zimmer.

Sie betrachtete zuerst die Blumen und dann mich. „Sind sie ein Verwandter von Katrin?" Sie schien mich nicht wiederzuerkennen. Ich schüttelte lächelnd den Kopf.

„Aber ein Freund, nicht wahr?"

Ich verneinte erneut. „Vielleicht freut sie sich ja, wenn sie aufwacht und denkt, jemand habe sie besucht …"

Ein Lächeln huschte über das Gesicht der Krankenschwester. Sie nickte. „Das machen wir. Obwohl ich nicht glaube … Die Ärzte erwarten nicht, dass sie jemals wieder …" Sie brach ab, gab sich einen Ruck und verschwand im Schwesternzimmer.

In Gedanken vollendete ich ihren Satz. Er gefiel mir nicht. Ich wandte mich also um und ging, meinen Freund zu besuchen. Mir lag nichts daran, an diesem Tag über solche Dinge zu reden.

Wenige Tage später rief mein Freund mich an und fragte, ob ich ihn aus dem Krankenhaus abholen könne. Seine Familie käme erst ein paar Tage später zurück und er wolle nicht, dass sie seinetwegen ihren Urlaub verkürzten. „Du brauchst nur vorzufahren. Ich werde im Foyer auf dich warten", meinte er.

Ich winkte ab. „Kein Problem. Ich hol dich auf deinem Zimmer ab. Ich will eh noch …"

Er war zu froh, um nachzuhaken, und ich wollte die Chance nutzen, ein letztes Mal bei Katrin vorbeizugehen. Nur kurz. Als ich mit einem neuen Blumenstrauß in der Hand in den Flur einbog, ergriff eine Vorahnung Besitz von mir. Unwillkürlich wurde ich schneller, heftete meinen Blick an Katrins Zimmertür, sodass ich beinahe den Ruf der Schwester überhört hätte. „Warten Sie."

Irritiert blieb ich stehen, drehte mich um und ging zurück.

„Sind sie nicht der nette, junge Mann, der Katrin die Blumen gebracht hat?" Ihr Seitenblick auf den Strauß in meiner Hand unterstrich ihre Frage. „Sie können jetzt leider nicht in ihr Zimmer."

„Ist sie …" Die Worte blieben mir in der Kehle stecken.

Doch über das Gesicht der Schwester huschte ein Lächeln. „… aufgewacht", vollendete sie.

Ihre Stimme schien versagen zu wollen, als sie eifrig nickte. „Wir können es selbst kaum glauben. Die Ärzte sprechen von einem Wunder. Momentan sind sie bei ihr, um verschiedene Untersuchungen zu machen und zu sehen, wie weit die Gehirnfunktionen wieder hergestellt sind."

Ich nickte lächelnd.

„Wollen Sie warten? Dort drüben stehen ein paar Stühle. Setzen Sie sich. Ich kann Ihnen gerne einen Kaffee bringen, wenn Sie wollen."

Ich wollte schon zustimmen, als mir bewusst wurde, dass in einem anderen Zimmer jemand auf mich wartete. Also schüttelte ich den Kopf. „Ich muss noch einen Freund besuchen." Dann fielen mir wieder die Blumen ein. Ich reichte den Strauß über den Thresen. „Könnten Sie sie der jungen Frau hinstellen, wenn man wieder hinein kann?"

Die Schwester nickte. „Von wem darf ich sagen, dass sie sind?"

„Sie kennt mich nicht", wehrte ich ab.

„Das macht doch nichts. Wenn Katrin sich bedanken will, muss sie doch einen Namen haben."

Ich schüttelte den Kopf, wandte mich um und verließ zügig den Flur.

Der Anruf erreichte mich etwa eine Woche später. Ich hatte gerade Wasser für Tee aufgesetzt. Nachdem ich abgehoben und mich gemeldet hatte, nannte die Anruferin den Namen des Krankenhauses. „Wissen Sie, wie schwierig es war, Ihre Telefonnummer herauszubekommen?", fügte sie mit freundlicher Stimme hinzu.

Verdutzt starrte ich auf mein Telefon.

„Sie sind doch der nette, junge Mann mit den Blumen?"

Ich war noch immer nicht zu einer Antwort fähig.

„Katrin. Sie erinnern sich? Die junge Frau im Koma? Die aufgewacht war, als Sie das letzte Mal hier waren? Ich hatte doch gesagt, von welchem Krankenhaus ich anrufe, oder?"

Es dauerte einen Moment, bis mir klar wurde, dass mein instinktives Nicken am anderen Ende der Leitung nicht gesehen werden konnte, also bestätigte ich: „Ja. Ich erinnere mich. Was ist passiert?"

„Sie möchte sie sehen."

„Wer?"

„Katrin, natürlich. Sie möchte sich bei Ihnen bedanken."

„Und wegen ein paar Blumen haben Sie … Wie haben Sie eigentlich meine Telefonnummer herausbekommen?"

„Ja. Das war sicherlich nicht so einfach. Erinnern Sie sich, dass Sie mir den Blumenstrauß gegeben hatten? Sie haben nicht gewartet. Sie waren so schnell fort. Und das, obwohl Katrin Sie unbedingt sehen wollte. Sie hatte es uns extra gesagt!"

Ich nickte, obwohl sie das wieder nicht sehen konnte.

Dennoch fuhr die Schwester fort. „Das Einzige, was ich hatte, waren die Blumen. Und das Papier, in das sie eingewickelt waren. Darauf stand, in welchem Geschäft Sie den Strauß gekauft hatten. Ich habe mir also deren Adresse herausgesucht und bin nach Dienstschluss dort vorbeigegangen. Ich sage Ihnen: Ich habe sehr viel mit der Inhaberin quatschen müssen, bis die bereit war, mir - in diesem ganz speziellen Fall und wirklich nur ausnahmsweise - zumindest Ihre Telefonnummer zu geben."

„Und woher hat sie die?" Doch in dem Moment, als ich das aussprach, war mir die Antwort klar: Ich hatte sie ihr einmal gegeben, weil sie die Blumen, die ich damals haben wollte, nicht mehr vorrätig hatte. Aber das war lange her.

Die Krankenschwester wusste es nicht. „Kann ich Katrin sagen, dass Sie kommen werden, damit sie sich bei Ihnen bedanken kann?"

„Für ein paar Blumen?"

„Dafür, dass Sie an sie gedacht haben."

„Sie kennt mich doch gar nicht."

„Das lässt sich ändern."

„Ich muss schauen, wann ich überhaupt kann. Die Öffnungszeiten …"

„Machen sie sich darüber keine Gedanken. Das regeln wir. Sagen Sie unten am Empfang nur, dass sie zu uns wollen. Wir besorgen den Rest."

„Ich weiß nicht …"

„Sagen Sie ‚Ja'! Katrin würde sich sehr freuen. Sie braucht jetzt viel Motivation und Zuspruch!"

Zwei Tage später, kurz nach der Arbeit, fand ich mich am Empfang des Krankenhauses wieder, erneut mit einem Blumenstrauß in der Hand, und sagte, was mit der Schwester besprochen worden war. Ich war skeptisch. Doch es funktionierte.

Sie fing mich dann auch direkt am Eingang der Station ab. Sie strahlte über das ganze Gesicht, als sie mich zu dem Krankenzimmer geleitete und meinte: „Toll, dass Sie gekommen sind. Sie wird sich sicher riesig freuen. Aber denken Sie daran: Katrin lag Monate im Koma. Sie weiß noch nicht alles, was zwischenzeitlich so passiert ist. Und sie kann auch noch nicht richtig sprechen. Das gehört zu den vielen Dingen, die sie wieder lernen muss. Ob sie jemals wieder laufen kann, ist ebenfalls fraglich."

Dann öffnete sie die Tür, trat ein und kündigte mich an.

Die Maschinen waren noch immer eingeschaltet und füllten den kleinen Raum mit ihrem Piepen und Surren. Katrin lag in ihrem Bett, über Schläuche und Kabel mit ihnen verbunden. Allerdings hatte sie die Augen geöffnet und betrachtete mich neugierig.

„Hey!"

Sie lächelte.

„Ich habe dir ein paar Blumen mitgebracht."

Die Spur des Erkennens mischte sich in ihr Lächeln. Doch dann fragte sie: „Müsste ich dich kennen?" Ihre Stimme war undeutlich. Wie nach einem Herzinfarkt. Doch schien sie sich Mühe zu geben, damit ich sie verstünde. Ich sah sie überrascht an.

„Ich hatte gehofft, dass ..." Sie brach ab.

Ich trat näher und stellte den Strauß in die Vase, die die Schwester mir gegeben hatte. „Du hattest gehofft, die Erinnerung käme zurück, wenn du mich siehst? Nein, wir kennen uns nicht. Ich habe dich nie zuvor gesehen ... das heißt: Nicht, bevor ich das erste Mal in deinem Zimmer war ... ich meine ... Ich kann mich zumindest nicht daran erinnern."

Sie lachte. „Wenn du dich schon nicht daran erinnern kannst ..."

Ich schüttelte den Kopf, ergriff einen Besucherstuhl und setzte mich neben ihr Bett. Und dann sprachen wir über Vergesslichkeit und Erinnerungen, über Menschen, die wir nicht kannten und das Leben. Sie erzählte davon, dass sie sich nur noch an wenig erinnern könne. Sie wusste nicht, was geschehen war. Und sie hatte keine Ahnung, wie ihr Leben weitergehen sollte, denn die Ärzte hatten ihr erzählt, dass ihre Wirbelsäule beschädigt und sie wahrscheinlich querschnittsgelähmt sei. „Wahrscheinlich!", warf ich zu ein. „Niemand hat damit gerechnet, dass du aus dem Koma aufwachen würdest. Aber du hast es geschafft. Nun wird es eine Kleinigkeit für dich sein, auch wieder laufen zu lernen."

„Ich bin nur dank deiner Hilfe aufgewacht", lenkte sie ab. „Das haben auch die Schwestern gesagt!"

„Ich habe nichts gemacht."

„Du warst da."

„Gut. Dann werde ich eben bleiben, bis du wieder laufen kannst."

Sie lachte. Dann meinte sie in Gedanken versunken. „Ich würde so gerne noch einmal barfuß über das saftige Grün einer Wiese laufen. Oder durch die Stille des Waldes."

„Das wirst du."

Bereits auf dem Weg nach Hause hatte ich einen Plan, wie ich zumindest ihre Motivation erhalten konnte - vielleicht hoch genug, um sie für die nächsten Schritte zu ermutigen, die sie schließlich nur selber vornehmen konnte. Ich durchforstete die sozialen Medien nach einem

Influencer, der vorwiegend Naturaufnahmen und längere Wanderungen postete, und fand WalkingLene19. Dann richtete ich Katrin einen Account ein und meldete sie als Followerin an.

Es funktionierte.

Bereits am nächsten Abend war ich mit einem ausrangierten Tablet und einem Ladegerät wieder im Krankenhaus.

„Ich habe dir etwas mitgebracht", meinte ich, nachdem ich Katrins Zimmer betreten hatte. Ich zeigte ihr das Tablet.

Sie zuckte mit den Schultern.

Ich lächelte. „Wart's ab. Ich weiß zwar, dass das kein Ersatz ist. Aber vorerst sollte es dir helfen: Zum einen die Zeit totzuschlagen und zum anderen dir vorzustellen, über grüne Wiesen zu laufen." Dann zeigte ich ihr den Account und die Posts der letzten Tage von WalkingLene19. Irgendwann lächelte sie dann endlich wieder. „Was bedeutet eigentlich die 19? Das ist doch nicht ihr Alter."

„Keine Ahnung. Sie sieht zumindest älter aus. Aber das Geburtsjahr kann es auch nicht sein."

Sie lachte. „Vier Jahre wäre auch ziemlich jung."

„Und hundert vier zu alt", gab ich zurück. „Lass uns lieber schauen, wo sie letzten Monat war ..."

Und so vergingen die nächsten Wochen. Und obwohl meine Besuche seltener wurden, weil meine Zeit es nicht so oft zuließ, wie ich es gerne hätte, hatten wir jede Menge Spaß beim Betrachten der Bilder.

Bis zu jenem Tag, als ich bei der Ankunft bereits am Gesicht der Krankenschwester sah, dass etwas nicht stimmte. „Sie ist wieder ins Koma gefallen", meinte diese und man merkte, dass es ihr schwer fiel.

Ich lief in ihr Zimmer. Sie hing noch immer an den Schläuchen und Kabeln, doch ihre Augen waren geschlossen. In meiner Not schaltete ich das Tablet ein, doch WalkingLene19 gab es nicht mehr. Also begann ich Katrin vom Grün der Wiesen und Wälder zu erzählen, aber ich wusste nicht, ob ich sie noch erreichte.

Zuhause angekommen, konnte ich nicht einschlafen. Ich wischte mich durch die sozialen Medien, bis ein Beitrag meine Aufmerksamkeit erregte. „... ist ein weiterer Versuch fehlgeschlagen und eingestellt worden, mit Fake-Accounts im Internet Klicks und damit Werbeeinnahmen zu generieren. Hinter solchen Accounts wie etwa dem von WalkingLene19 stecken zumeist künstliche Intelligenzen, deren Beiträge erfunden sind, aber eine spezifizierte Klientel bedienen. Dennoch scheinen ihnen ihre Follower sehr bald nicht mehr zu folgen. ..."

Zwei Wochen später ist Katrin gestorben. Ich sehe sie jetzt wieder barfuß über das saftige Grün einer Wiese laufen ...

Lenard James Cropley

Nach dem Schnee

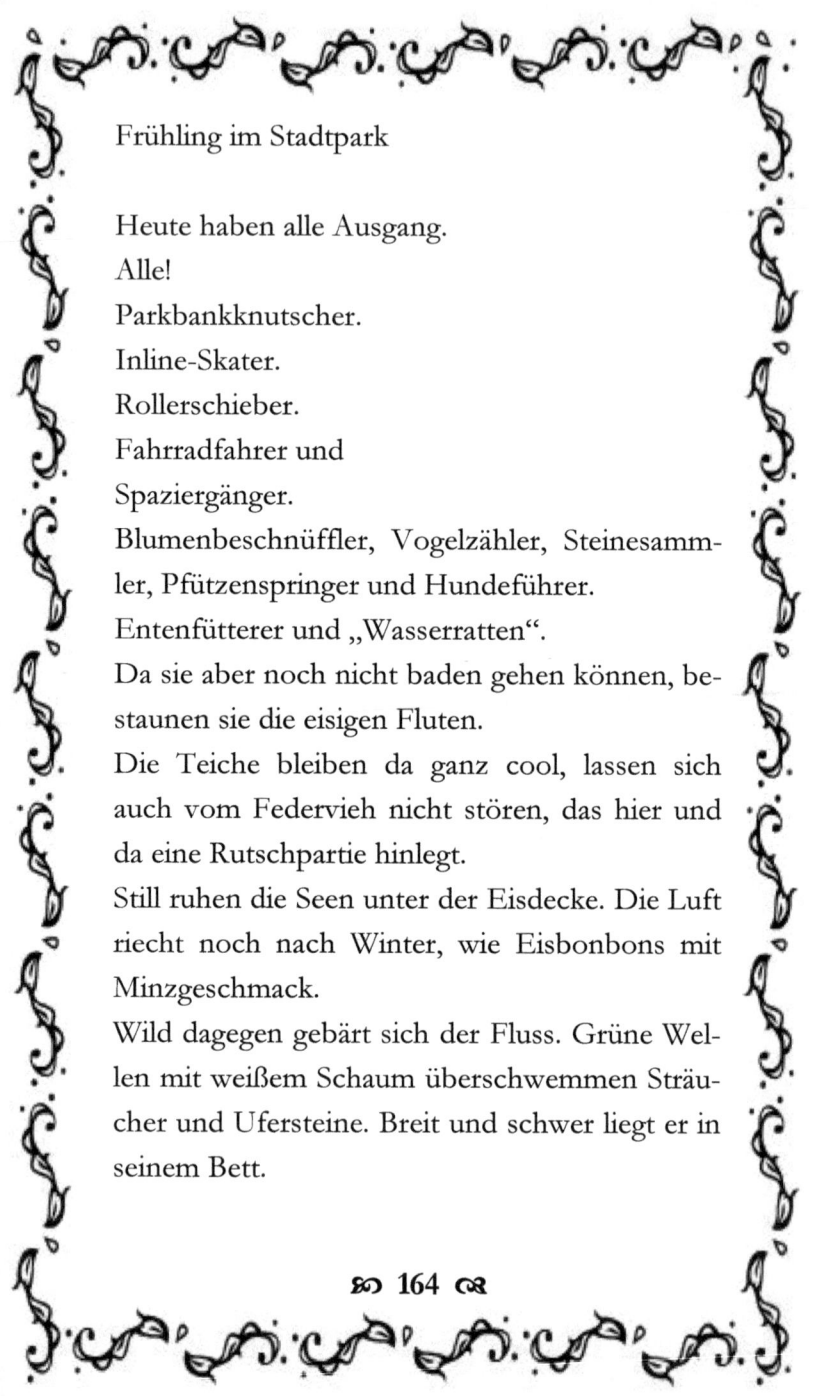

Frühling im Stadtpark

Heute haben alle Ausgang.
Alle!
Parkbankknutscher.
Inline-Skater.
Rollerschieber.
Fahrradfahrer und
Spaziergänger.
Blumenbeschnüffler, Vogelzähler, Steinesamm-
ler, Pfützenspringer und Hundeführer.
Entenfütterer und „Wasserratten".
Da sie aber noch nicht baden gehen können, be-
staunen sie die eisigen Fluten.
Die Teiche bleiben da ganz cool, lassen sich
auch vom Federvieh nicht stören, das hier und
da eine Rutschpartie hinlegt.
Still ruhen die Seen unter der Eisdecke. Die Luft
riecht noch nach Winter, wie Eisbonbons mit
Minzgeschmack.
Wild dagegen gebärt sich der Fluss. Grüne Wellen mit weißem Schaum überschwemmen Sträucher und Ufersteine. Breit und schwer liegt er in
seinem Bett.

Er zieht alle Blicke auf sich, zeigt seine Gefahr
und ist sich der Bewunderung bewusst.

Gegen Abend leert sich der Park.
Was bleibt, ist das Wasser.
Das stumme und das tobende.

Sina Blackwood

Kulinarische Katastrophe

Grüne Heringe, Grüne Bohnen, Grüne Klöße, grüne Pfefferminzsoße ...

„Um Himmels willen! Nicht zusammen auf einem Teller!", jammerte mein Unterbewusstsein.

„Machen Sie Picknick, grasen Sie direkt von der Wiese!", feixte die linke Gehirnhälfte.

„Rollrasen als vegane Roulade gefällig?", kicherte die rechte.

„Ist nicht vegan, bei dem vielen Viehzeug, das mit eingerollt wird", grinste die linke Gehirnhälfte.

„Also mit Fleischbeilage in Form von Rosenkäfern oder grünen Stinkwanzen? Letztere gehen wegen ihres Geruchs glatt als Leichfingerkäse durch", lachte die rechte Hälfte.

„Petersilie, Schafgarbe, Erbsen, Grünkohl ...", zählte die linke Gehirnhälfte auf.

„Viel zu harmlos!", rief die rechte Hälfte. „Rosenkohl. Den hasst sie wirklich!"

Die linke Hälfte krähte sich eins. „Jawohl, also den auch noch. Und alles bei kleiner Flamme eine halbe Stunde köcheln lassen."

„Laubfrösche! Laubfrösche müssen noch mit rein, Blattläuse und ein paar fette Raupen!"

Meinem Unterbewusstsein wurde übel. Es weckte mich, ehe ich die kulinarische Katastrophe hätte auslöffeln müssen, die mein vom idiotischen grünen Alltag gestresstes Gehirn gerade als Mitternachtsmahl zusammenpanschte.

Lenard James Cropley

Makarska

Ich nahm dieses kleine grüne Ding behutsam in die Hand und befreite es von seiner zarten, weichen Umhüllung. Mit einem Mal steckte ich es mir in den Mund. Genüsslich kaute ich das wohlschmeckende, rote Fleisch mit den kleinen, prickelnden Kernen. Eine unbekannte Süße fremden Aromas, die nach mehr verlangte.

Auch am nächsten Tag wollte ich sie wieder, diese verlockende, genüssliche. Ich suchte sie auf den klapprigen Holztischen der alten, schwarz gekleideten, bekopftuchten Marktfrauen.

Zwischen Bananen, Ananas, Granatäpfeln und Mandarinen fand ich sie nicht. Mit den Händen formte ich das Zwiebelartige, zeigte auf das Gras, was ihre Farbe hatte, und deutete danach auf ihre getrockneten Geschwister. Die Frauen schüttelten die Köpfe. Die Zipfel ihrer Tücher und die feinen grauen Haare wiegten sich sacht im Sommerwind. Die faltigen groben Hände spielten mit ein paar Münzen und es wurden immerfort Laute gewispert, die ich nicht verstand. Wie im Gebet versunken, priesen die Alten ihre Waren auch mal lauter an. Und mit ihnen beteten dutzende.

Überall ihr Gemurmel, diese Hitze und das Gedränge vieler Körper. Der Duft von Brot, der Fischgeruch und der von frischem Fleisch hingen in der trocknen Luft. Ich sah das Spiel der tausenden Fliegen und die Spatzen, die sich krakelend um einige Krümel stritten. Kleine Echsen huschten an den Mauern entlang und wärmten still ihre braunen Leiber.

Leider war ich auf meiner Suche erfolglos geblieben und setzte meinen Weg bald fort. Ich lief zurück zu dem felsigen Küstenweg, wo mich Pinien und Oleander an den Schultern kitzelten. Dorthin, wo die Luft nach Vanille roch und die Zikaden mit ihren Liedern meine Sinne erfüllten. Als ich behutsam die Spitzen der Aloe gestreichelt und meine Augen beim Blick auf das weite, endlose Blau erholt hatte, beschloss ich, weiter zu schauen. Denn auf meiner Zunge war noch immer diese verlockende Süße, die mich antrieb, die seltene Frucht wiederzufinden.

Dieter Stiewi

Hanf

„Alter, bist du spät!" Der junge Mann in Jogginghose und hellem Sweater fläzte sich an den silbergrauen M5, ohne ein Anzeichen von Hektik zu zeigen.

„War nicht leicht, dich hier zu finden, Dicker." Der Neuankömmling trug eine zerschlissene Jeans und ein verwaschenes T-Shirt mit der Aufschrift ‚Hilfiger'. Er lehnte sich neben den Wartenden an die Tür des BMWs und starrte ebenfalls geradeaus, den Weg entlang, den er gerade gekommen war.

„Ich hab's dir doch genau beschrieben: Da, wo früher das Tambourbad war. Den Bieberer Berg hoch, am Kickersstadion vorbei, hinter den Bäumen sofort rechts. Parkplatz. Ganz am Ende."

„Bäume? Das ist ein Wald, Dicker", ereiferte sich der Neuankömmling mit dem Hilfiger-T-Shirt.

Dicker lachte. „Das ist doch kein Wald, Alter. Hier gibt es gerade einmal drei Wege. Und keine Spaziergänger. Keine lästigen Besucher."

„Verstehe", erwiderte der ‚Alte' mit dem Hilfiger-T-Shirt ein wenig nachdenklicher. Keine weitere Reaktion ließ erkennen, dass er wirklich verstanden hatte, was ‚Dicker' ihm damit sagen wollte. „Find' ich fancy, dass du mir trotz unserer Unstimmigkeit deine Plantage zeigen willst."

„Kein Ding, Alter", entgegnete Dicker mit einer abwehrenden Handbewegung und drückte sich von dem M5 ab. „Komm!" Er umrundete das Fahrzeug und folgte dem Weg zwischen ein paar Bäumen und zwei älteren Einfamilienhäusern entlang zu einem Tor, das die Straße absperrte. Dahinter konnte man einen weiträumigen, leeren Parkplatz erkennen.

Der alte Hilfigerträger folgte ihm. „Ist das der Parkplatz."

Unmittelbar vor dem Tor blieb Dicker stehen und betrachtete es eingehend.

„Wie kommst du mit deiner Karre dahin? Über das Tor?", fragte Alter lachend, doch Dicker schüttelte den Kopf, zog einen an einem Karabiner befestigten Schlüssel hervor und steckte ihn ins Schloss.

„Ich schau mir nur immer gerne an, wo sich der Platzwart gerade aufhält. Ich trau' dem nicht", rechtfertigte er sich schließlich.

Alter betrachtete den Parkplatz. Dahinter waren Sportplätze zu erkennen. „Kann niemanden sehen." „Das ist auch besser so." Dicker drehte den Schlüssel herum, öffnete das Tor einen Spalt breit und huschte hindurch. Der Hilfigerträger folgte ihm schnell, ehe sein Freund das Tor wieder verschloss.

„Und wenn wir nachher schnell verduften müssen?", fragte sein Begleiter, während er sich besorgt umsah.

„Nicht hier entlang, Alter. Der Platzwart würde ja sofort wissen, wie wir hier hereingekommen sind und das Schloss austauschen. Ich kenne einen Geheimweg."

Der Hilfigerträger nickte bestätigend. Wieder blieb unklar, ob er wirklich verstanden hatte.

Dicker wandte sich nach links und war mit einigen schnellen Schritten zwischen ein paar sorgsam gepflanzten, mannshohen Büschen verschwunden. Alter folgte ihm beinahe ebenso behände.

„Was ist das für ‚ne Anlage?", fragte er, nachdem sie von draußen nicht mehr zu sehen waren. „Gehört zum Krankenhaus", erwiderte Dicker. „Die machen hier irgend so ‚ne Sporttherapie, glaub' ich." Er ging weiter, hielt sich vom Rand entfernt, sodass er von den Plätzen aus weiterhin unsichtbar blieb. Der Boden war hier teilweise von sorgfältig gestutztem, Gras oder Rindenmulch bedeckt. Sie gingen noch ein Stück tiefer in das Dickicht aus grünen Büschen, das mit seinen großen, freien Plätzen eher einem Labyrinth glich. Laufend sah der Hilfigerträger sich um, als versuche er, sich den Weg zu merken.

Pötzlich blieb Dicker stehen und Alter wäre beinahe in ihn hineingelaufen. „Was gibt's?", stieß dieser hervor. Vor ihnen im Geäst der Bäume am südlichen Rand der Lichtung klickte ein Relais, doch sie achteten nicht darauf.

„Wir sind da."

Vorsichtig lugte Alter um seinen Gefährten herum. Auf der Lichtung, die sich vor ihnen öffnete, war das Grün einer Vielzahl von Hanfpflanzen zu sehen. Alter erkannte sofort die großen, fünffingrigen Blätter. „Das meiste sind weibliche Pflanzen", erklärte Dicker. „Ich habe nur zwei männliche." „Ein Harem." Alter lachte, doch Dicker schüttelte genervt den Kopf.

„Die meisten haben schon geblüht. Ich komme zur Zeit regelmäßig hierher, um die Samen einzusammeln. Hilfst du mir?" Er sah Alter fragend an. Dieser nickte. Dann zeigte er ihm, wie die Samenkapseln vorsichtig von den Stengeln zu entfernen und einzusammeln waren. „Und wohin damit?"

„Steck sie in die Tasche", meinte Dicker, während er den Inhalt einer Hand in die Tasche seines Sweaters schüttete. „So viele sind es nicht. Ich war ja erst letzte Woche hier."

Alter folgte seinem Beispiel, schüttete den Inhalt seiner Hand allerdings unmittelbar in seine Hosentasche. Dann beobachtete er angestrengt seinen Begleiter, wie dieser die reifen Samenkapseln aussuchte und abbrach. Keiner von ihnen achtete auf die Schritte im Sand hinter den Büschen.

Plötzlich erscholl eine Stimme: „Stehen bleiben! Keine Bewegung."

Erschrocken verharrte Alter in der Bewegung und hob schnell seine Arme in die Höhe. Er spürte, wie ein paar der Samenkapseln aus seiner linken Hand rollten und zu Boden fielen. Vielleicht war es besser, wenn niemand sie bei ihm fand. Vorsichtig öffnete er die Hand vollständig und ließ alle verbliebenen Kapseln zu Boden fallen, ohne sich jedoch zu rühren.

„Langsam umdrehen", meinte die Stimme.

Alter bewegte sich im Zeitlupentempo, die Hände weiterhin erhoben. Als er sich komplett umgedreht hatte, erblickte er den Polizisten, der die Waffe noch immer auf ihn gerichtet hielt. Er hörte hinter sich das Rascheln der Büsche, und spürte, wie ein anderer Beamter ihm Handschellen anlegte.

„Wo ist dein Kumpel?", fragte der erste Beamte, der erst jetzt die Waffe zurück ins Holster steckte. Alter sah auf, konnte seinen Begleiter aber nirgendwo entdecken. Grinsend zuckte er mit den Schultern.

Darauf gab der Polizist seinem Kollegen ein Zeichen, der sofort zwischen den Bäumen verschwand, jedoch schnell wieder zurück war. „Das Gelände ist dort zu Ende. Da ist nur noch ein Maschendrahtzaun, sonst nichts."

„Macht nichts. Wir haben ja ihn, hier", erwiderte der erste.

Alter lachte. „Das nützt euch nichts. Die Pflanzen sind nämlich gar nicht meine."

Der Polizist lächelte. „Welche Pflanzen?"

„Na, der Hanf, dort."

„Ach, das ist Hanf", lachte der erste schließlich. „Ist der Besitz so vieler Pflanzen nicht strafbar? Naja. Macht nichts. Wir haben dich ja. Und ich denke, wir werden bei dir auch genug Hasch finden, damit du für ein paar Jahre weggesteckt werden kannst. Da ist es nicht wichtig, dass dein Freund entkommen ist."

„Das ist nicht mein Stoff. Das müsst ihr mir zuerst beweisen." Alter grinste.

Die dunkle Stimme einer Frau, die zwischen den Bäumen hervortrat, ließ ihn zusammenzucken. „Brauchen wir gar nicht. Sie sind im Besitz von Ausgangsprodukten für die Produktion von Rauschmitteln. Das reicht zuerst einmal aus. Sicherlich kann die Spurensicherung auch beweisen, dass diese Samenkapseln in Ihrer Tasche genetisch von einer oder mehreren jener Pflanzen hier stammen. Dazu haben wir ein paar Minuten Videomaterial, das zeigt, dass Sie, zusammen mit einem Begleiter, hier fleißig geerntet haben."

Diesmal sah Alter die Frau überrascht an. Ihr schulterlanges, schwarzes Haar war mit einem neongrünen Haargummi zu einem Pferdeschwanz zusammengebunden und sie sah nicht gerade so aus, als habe sie etwas zu sagen. Dennoch schienen die anderen Beamten Respekt vor ihr zu haben.

Offensichtlich hatte die Frau die Überraschung im Gesicht von Alter gesehen, denn sie meinte: „Kriminaloberkommissarin Durmaz. Ich habe hier die Einsatzleitung. Diese Plantage wurde von uns seit mehreren Monaten beobachtet." Sie zeigte auf eine in etwa zehn Metern Höhe in einem Baum angebrachte Kamera. „Der Platzwart hatte uns alarmiert."

Alter fluchte leise. Deswegen war der also nirgendwo zu sehen gewesen.

Lächelnd nickte die Kriminalkommissarin. „Genau. Dumm gelaufen. Wir haben zwar ein paar Monate gewartet, aber für uns hat sich das Warten gelohnt."

Plötzlich kam Alter sein Begleiter in den Sinn. Hatte dieser nicht gesagt, dass er häufiger hier gewesen wäre, jede Woche? Hatte er auch hier gelogen? Hatte er ihn in eine Falle gelockt? Warum hatte der Polizist seinen Freund nicht verfolgt? Leise Zweifel machten sich breit.

„Ich hoffe nur, Sie haben das Zeug nicht verkauft", meinte die Kommissarin weiter.

Alter grinste. „Nee. Natürlich nicht. Das hab ich alles für meinen Freund gepflückt."

„Das wundert mich allerdings. Sie müssten doch wissen, dass das Tambourbad, das einst hier war, geschlossen wurde, weil man es auf einer alten Müllkippe errichtet hatte."

Alter hatte keine Ahnung, auf was die Kommissarin hinauswollte. Er dachte darüber nach, womit Dicker ihn alles belogen hatte. Seine Unsicherheit wuchs. Und er musste die Beamtin genauso angeschaut haben, denn diese fuhr fort: „Nun. Hier steigen Faulgase aus dem Boden auf. Und die sind gesundheitsgefährdend. Ab und zu werden sie immer noch abgeflammt."

Noch immer wusste Alter nicht, was die Kommissarin von ihm wollte.

Deshalb fuhr sie fort. „Naja. Ammonniak und Kohlendioxid fördern zwar das Pflanzenwachstum, aber Schwefelwasserstoffe lagen sich gerne in den Samen ein."

Mit einem Mal wurde Alter schlecht.

„Bei Rauchen geraten sie dann in die Lungen und zersetzen die Lungenbläschen."

Alter spürte plötzlich einen Druck auf der Brust. Ein Stechen machte sich an der Unterseite seines linken Rippenbogens bemerkbar.

„Die Folge ist ein langsames Ersticken."

Alter blieb die Luft weg. Er japste. Dann stieß er hervor: „Bringen Sie mich schnell zu einem Arzt."

Die Kommissarin schüttelte langsam den Kopf. „Warum? Sie haben doch sicherlich nichts von dem Hasch Ihres Freundes geraucht."

„Doch, doch", stieß Alter japsend hervor. „Ich muss sofort zu einem Arzt!"

„Dann werte ich das einmal als Geständnis", meinte die Kommissarin. Und zu ihrem Kollegen gewandt: „Nehmen Sie ihn fest und dann sofort in die Spurensicherung. Ich denke, Kubic wird ihn gerne untersuchen. Danach soll er auch direkt in der Pathologie Bescheid geben."

Pathologie?, schoss es Alter durch den Kopf. Da kamen doch die Leichen hin. „Aber ..." Doch er kam nicht mehr dazu, etwas einzuwenden. Innerhalb kürzester Zeit hatte man ihn außer Hörweite gebracht, sodass er nicht mitbekam, als die Kommissarin zu dem verbliebenen Beamten meinte: „Rufen Sie die Spurensicherung an. Und wenn die fertig sind, sollen hier alle Pflanzen vernichtet werden!"

„Verbrennen?"

„Das wäre am besten!"

„Aber die giftigen Gase … Wenn der Rauch eingeatmet wird …"

„Schwefelwasserstoffe?"

„Ja. Sind die nicht gefährlich? Werden die durch das Verbrennen nicht freigesetzt?"

„Woher soll ich das wissen", meinte die Kommissarin, als sie sich zum Gehen wandte. „Wenn man sie abfackeln kann, vielleicht zerfallen sie dann beim Verbrennen. Aber ich bin keine Chemikerin."

Lenard James Cropley

Draußen im Grünen

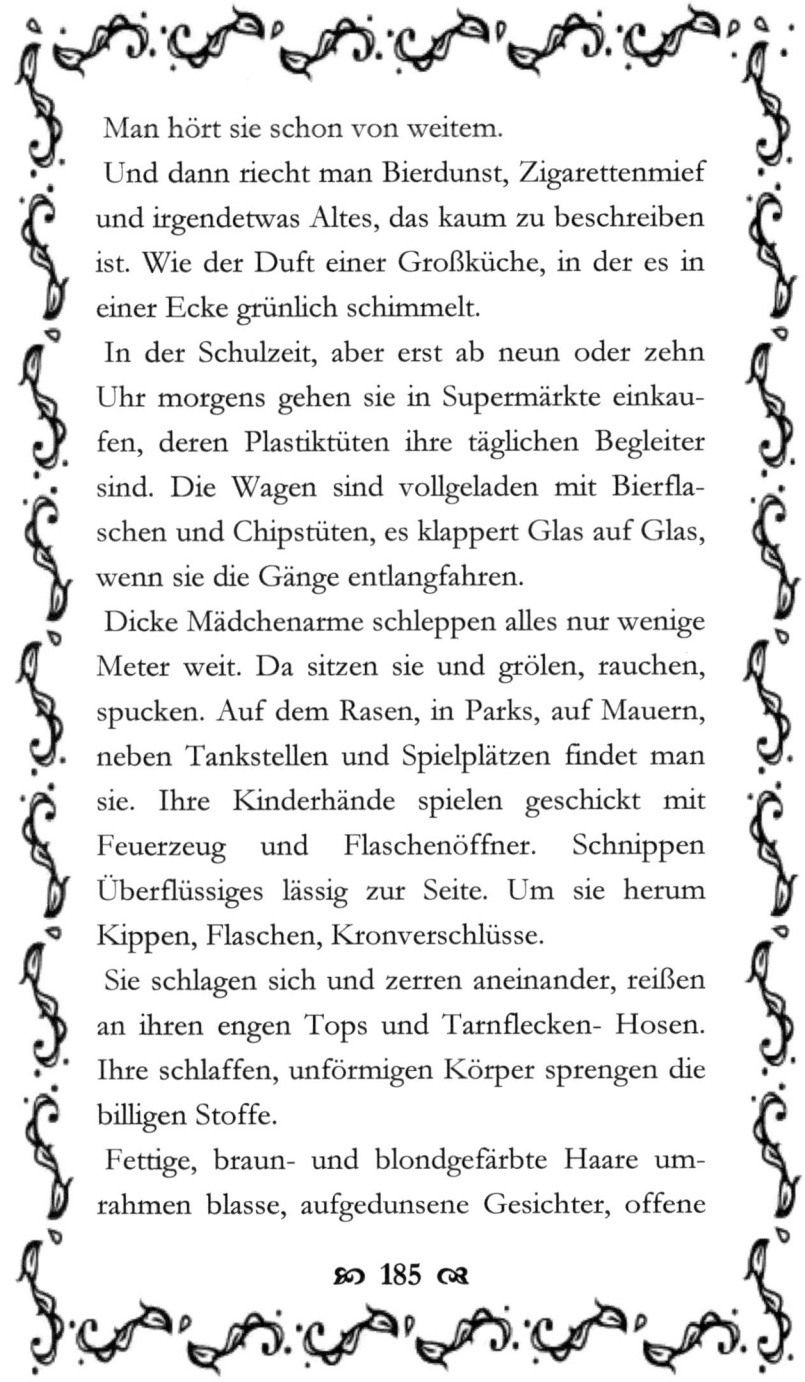

Man hört sie schon von weitem.

Und dann riecht man Bierdunst, Zigarettenmief und irgendetwas Altes, das kaum zu beschreiben ist. Wie der Duft einer Großküche, in der es in einer Ecke grünlich schimmelt.

In der Schulzeit, aber erst ab neun oder zehn Uhr morgens gehen sie in Supermärkte einkaufen, deren Plastiktüten ihre täglichen Begleiter sind. Die Wagen sind vollgeladen mit Bierflaschen und Chipstüten, es klappert Glas auf Glas, wenn sie die Gänge entlangfahren.

Dicke Mädchenarme schleppen alles nur wenige Meter weit. Da sitzen sie und grölen, rauchen, spucken. Auf dem Rasen, in Parks, auf Mauern, neben Tankstellen und Spielplätzen findet man sie. Ihre Kinderhände spielen geschickt mit Feuerzeug und Flaschenöffner. Schnippen Überflüssiges lässig zur Seite. Um sie herum Kippen, Flaschen, Kronverschlüsse.

Sie schlagen sich und zerren aneinander, reißen an ihren engen Tops und Tarnflecken- Hosen. Ihre schlaffen, unförmigen Körper sprengen die billigen Stoffe.

Fettige, braun- und blondgefärbte Haare umrahmen blasse, aufgedunsene Gesichter, offene

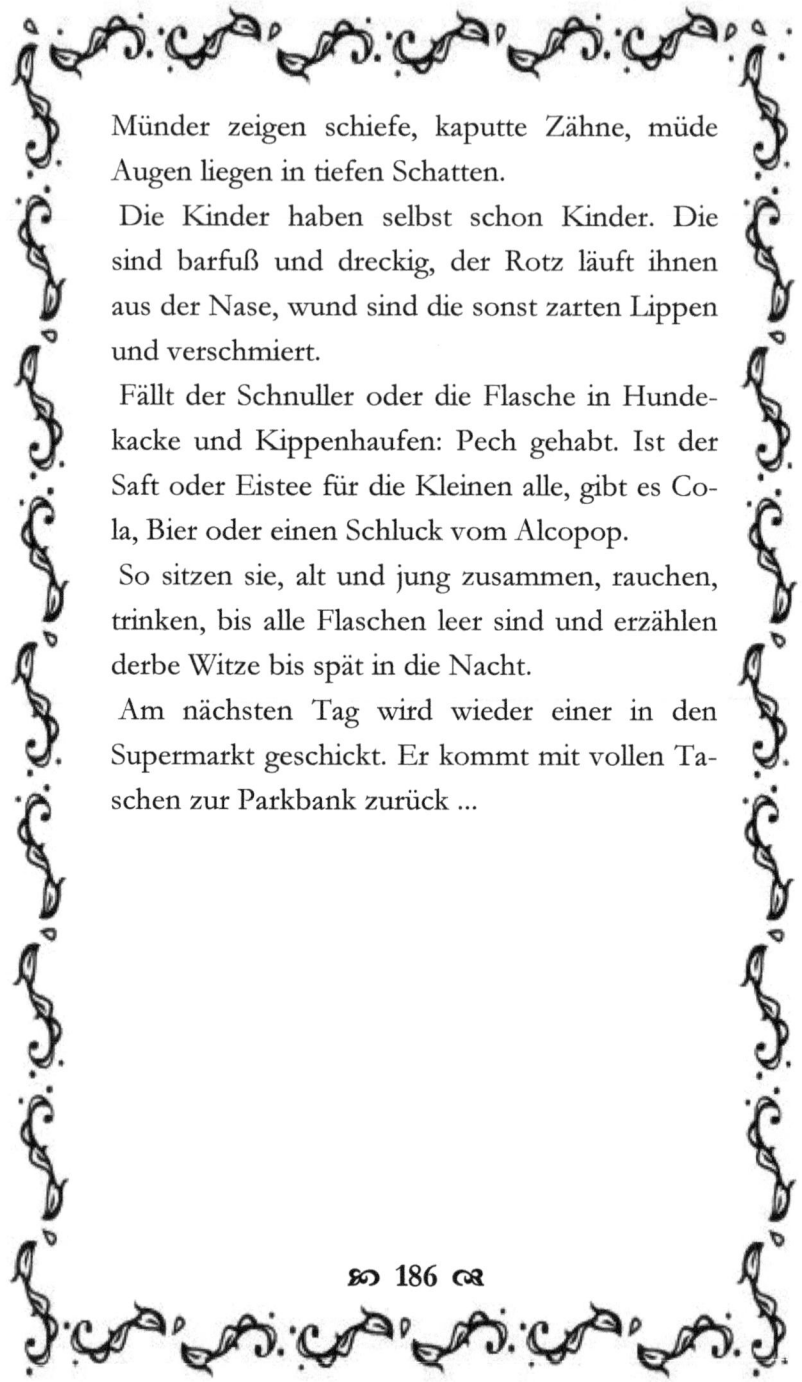

Münder zeigen schiefe, kaputte Zähne, müde Augen liegen in tiefen Schatten.

Die Kinder haben selbst schon Kinder. Die sind barfuß und dreckig, der Rotz läuft ihnen aus der Nase, wund sind die sonst zarten Lippen und verschmiert.

Fällt der Schnuller oder die Flasche in Hundekacke und Kippenhaufen: Pech gehabt. Ist der Saft oder Eistee für die Kleinen alle, gibt es Cola, Bier oder einen Schluck vom Alcopop.

So sitzen sie, alt und jung zusammen, rauchen, trinken, bis alle Flaschen leer sind und erzählen derbe Witze bis spät in die Nacht.

Am nächsten Tag wird wieder einer in den Supermarkt geschickt. Er kommt mit vollen Taschen zur Parkbank zurück ...

Matthias Albrecht

Es grünt so grün

Die Farbe Grün in dieser Welt
Den Menschen äußerst gut gefällt.
Ist sie doch Ausdruck jeden Strebens
Nach der Erneuerung des Lebens.

Der Keimling strebt zum Licht empor
Und bringt schnell Blatt um Blatt hervor.
Zunächst ganz bleich, nimmt er sodann
Im Nu die grüne Färbung an.

Ein Mensch – vor Jahren erst geboren –
Ist noch recht grün hinter den Ohren.
Das heißt: Er ist nicht ausgereift,
Auch wenn er selbst es kaum begreift.

Das ist ganz typisch für die Jugend:
Sie hat nur selten eine Tugend.
So wie der Sprössling, der sich regt,
Noch keine Früchte an sich trägt.

Im Weltall, das weiß man genau,
Erscheint die Erde leuchtend blau.
Warum nicht grün, gelb oder braun?
Das wäre doch recht schön zu schau'n.

Jedoch das Blau, es ist bewiesen:
So oft auch neue Pflanzen sprießen,
Mag doch das Wasser überwiegen.
Nur daran kann es letztlich liegen!

Das Grün der Erde nimmt schnell ab.
Die Wälder werden langsam knapp.
Der Borkenkäfer macht sie licht;
Er ist ein arger Bösewicht!

Jedoch – wir Menschen sind viel böser;
Der Waldschaden durch uns ist größer!
Brandrodung heißt das Zauberwort.
Das ist schlussendlich Waldesmord!

Viel Palmöl und auch Lithium
Brauchen wir Menschen. Doch – warum?
Wir konnten früher drauf verzichten.
Weshalb nun jetzt die Wälder lichten?

Das Palmöl, es dient uns als Nahrung;
Das Lithium als Offenbarung
Zur Herstellung von E-Autos.
Doch schaden wir uns damit bloß!

Denn, man kann es doch nicht bestreiten,
Die indigenen Völker leiden
Durch den Abbau der selt'nen Erden.
Und was soll aus der Umwelt werden?

Das Lithium für die Industrie
Ist heute so begehrt wie nie.
Es ist – da gibt es keine Frage –
das Nonplusultra unsrer Tage.

So wird es nach und nach verschwinden:
Das Grün der Tannen, Palmen, Linden.
Und das der Felder, Haine, Wiesen –
Nur Abraumhalden hier noch „sprießen".

Die Erde wird zum grauen Ort,
Doch können wir nicht von ihr fort.
Sie braucht uns nicht – wir brauchen sie!
Und das so dringend wie noch nie!

So lasst uns endlich nun besinnen,
Vielleicht können wir noch gewinnen.
Auch wenn 's nur mit Verlusten geht –
Vorwärts! Noch ist es nicht zu spät . . .

Udo Rupp

Das grüne Inselvolk

Auf einer Insel, mitten im Meer, lebte ein Volk, dessen Hautfarbe grün war. Grün wie der Urwald.

Kein Fremder hatte die Insel jemals gefunden, und die grünen Menschen glaubten, sie wären die einzigen Menschen auf der Welt. Sie hatten keine Feinde und kannten keinen Krieg. Was sie zum Leben benötigten, wuchs auf ihren Feldern oder im Urwald.

Jeder nahm das, was er wirklich zum Leben gebrauchen konnte. Niemand häufte Reichtum an. Es gab keine reichen Menschen, und deshalb gab es auch keine Armut. Niemand kannte Not oder Elend. Denn alle arbeiteten, und allen gehörten die Früchte ihrer Ernte.

Eines Tages sagte der kleine Ako: „Mir ist das Land zu klein. Ich will sehen, was hinter dem Meer ist."

„Bleib bei uns," sagten die anderen. „Das Meer wird dich verschlingen. Viele Gefahren werden auf dich warten."

Ako aber und seine Freunde hörten nicht auf diese Worte. Sie stiegen in ihr kleines Boot und fuhren auf das Meer.

Nach vielen Tagen kamen sie zu einem Land, dort hatten die Menschen eine schwarze Hautfarbe.

Jetzt schämte sich Ako. Er wollte nicht grün sein. Viel lieber wäre er schwarz, wie all die anderen.

Er sah viele Menschen, die schwer arbeiteten, und andere, die behandelt wurden wie Götter, und sich bedienen ließen. Diese anderen Menschen wollten immer reicher werden. Sie zwangen die arbeitenden Menschen, gegeneinander Krieg zu führen. Das brachte viel Leid über die Menschen und viel Tränen. Nur die Reichen wurden dadurch noch reicher.

Zum ersten Mal bekamen die grünen Menschen Angst und liefen davon.

Jetzt kamen sie in ein Land, dort waren die Menschen gelb.

Diese Menschen waren auch sehr fleißig. Sie bauten Häuser und Straßen und arbeiteten auf den Feldern, und als sie damit fertig waren, kamen andere Menschen, und machten ihre Häuser kaputt, und nahmen ihnen ihre Früchte fort.

Ako und seine Freunde fanden das ungerecht, und sie sehnten sich zurück nach Hause, wo doch alles so friedlich war. Aber viel zu weit waren sie von zu Hause fort.

Sie kamen in ein Land, dort hatten die Menschen eine weiße Hautfarbe.

Die Menschen aber wollten nicht arbeiten. Sie gingen mit Schildern auf die Straße. Auf den Schildern stand geschrieben - „Streik" diese Menschen waren sehr laut, und sie schlugen sich mit anderen Menschen.

Ako und die grünen Freunde wollten nicht schlagen. Und sie wollten auch nicht geschlagen werden. Deshalb liefen sie wieder davon.

Nun kamen sie in ein Land, dort waren schwarze, braune, gelbe und weiße Menschen.

Die schwarzen Menschen arbeiteten, die braunen und die gelben arbeiteten. Die weißen trugen große Hüte und saßen im Schatten der Bäume. Sie lachten über die schwarzen, gelben und braunen Menschen, weil sie für sie arbeiten mussten. Und wenn die schwarzen, gelben und braunen Menschen das nicht taten, gaben die weißen Menschen ihnen nichts zu essen.

Jetzt hatten die grünen Menschen genug gesehen. Sie stiegen in ihr Boot, und wollten nur noch zurück auf ihre grüne Insel.

Mochten die Schwarzen, Gelben und Braunen noch so stolz sein auf ihre Arbeit, was nützte sie ihnen, wenn man sie immer wieder zerstörte.

Mochten die Weißen noch stolz sein auf ihre Hautfarbe – Sie war schmierig. Das Leid und die Not der anderen klebte an ihr.

Sie – die Grünen – waren stolz auf ihre grüne Hautfarbe, auf ihre Arbeit und auf ihren Frieden.

Sie gaben acht, dass ihnen niemand folgte zu ihrer Insel, und sie wurden nie wieder gesehen.

Sina Blackwood

Handkurbelakkusolarzellenfunzel

Kurbellampenrettungslicht im
Stromausfallzufallsbemerken

Olivgrünfarbene
Handkurbelausfallüberbrückungstat

Galgenratenbuchstabenchaos für
Entspanntweiterlesenaktion

Aluhutkatastrophenprophezeiungen im
Schulterzuckengenervtmodus

Stromausfallerscheinung ist
Altgewohntzustand

Ich liebe meine stresstestgeprüfte olivgrüne
Handkurbelakkusolarzellenfunzel

Vitae

Albrecht, Matthias wurde 1961 in Leipzig geboren. Ab 1978 als Bühnentechniker an den Städtischen Theatern Leipzigs beschäftigt, wechselte er 1983 zum Untersuchungshaftvollzug und wurde 1992 in das Beamtenverhältnis übernommen. Bereits zu DDR-Zeiten widmete er sich dem Schreiben, doch erst die politische Wende ermöglichte es ihm, schriftstellerisch tätig sein zu können, ohne das Damoklesschwert der Zensur fürchten zu müssen. Er ist Mitglied im Freien Deutschen Autorenverband e.V. – Landesverband Sachsen.

Blackwood, Sina 1962 in Sebnitz geboren, verbrachte ihre frühe Kindheit inmitten der Natur. Das hat sie geprägt, spiegelt sich auch in ihren Werken wider. Später verschlug es sie für einige Jahre an die Ostsee. Inspiriert durch die Schönheit der Landschaft begann sie mit dem Schreiben – und hörte nicht mehr auf. Bis Juni 2023 veröffentlichte sie über 70 Bücher sowie zahlreiche Kurzgeschichten in Anthologien und Online-Magazinen. Seit 1996 lebt sie in Chemnitz. Sie ist Mitglied im Freien Deutschen Autorenverband e.V. – Landesverband Sachsen und des Literarischen Kleeblatts. (https://literarisches-kleeblatt.de/)

Cropley, Lenard James wurde 1979 in Karl-Marx-Stadt geboren und lebt bis jetzt in Chemnitz. Die Liebe zu Büchern begann früh mit Lesen und ab dem 11. Lebensjahr mit dem Schreiben. Es entstanden lange und kurze Geschichten, später auch Lyrik und Prosa. Aufgrund der Anforderungen des Lebens gab es Stillstände, Brüche und Neuanfänge. Arbeit in Handel, Kunst und Sozialem. Ständig auf der Suche nach was-auch-immer. Kreativer Hobbykünstler: malen, zeichnen, nähen, basteln, gärtnern, fotografieren uvm. Träumer, Realist und mit ganz feinen Sinnen unterwegs. Überall wo Ästhetik und Symmetrie zu finden ist, sucht er. Es entstand eine Liebe und Leidenschaft zum Textlektorat aller möglichen Genre. L.J. Cropley wurde in zahlreichen regionalen und deutschlandweiten Büchern (…) veröffentlicht. Er braucht die Bühne nicht, doch hat er sie erklommen, nutzt er sie und lässt seine Texte darauf tanzen. Er war und ist in verschiedenen Schreibkursen vertreten, die er zeitweise auch leitete. Seit mehr als einer Dekade ist er im FDA Sachsen e.V. aktiv am Literaturgeschehen dabei.

Fritzsche, Iris ist in der sächsischen Oberlausitz, in der schönen Stadt Löbau geboren. Seit 1961 wohnt sie in Hoyerswerda. Begonnen hat sie mit dem Schreiben bereits während der Schulzeit. Damals waren es Gedichte und private Reiseberichte für die Familie. 2006 traf sie die Autorin Waltraut Skoddow, in deren Schreibzirkel sie das notwendige Rüstzeug für ihre schriftstellerische Tätigkeit erwarb. 2008 erschien ihr erstes eigenes Buch, dem bis heute noch acht folgten. Jetzt ist sie Rentnerin und hat Zeit für weitere Projekte. So hat sie zum Beispiel 2011 mit der Arbeit im Kinderbuchbereich unter dem Pseudonym Ira Silberhaar begonnen. Seit 2011 ist sie Mitglied im Freien Deutschen Autorenverband e.V. - Landesverband Sachsen.

Heidler, Jana wurde in Karl-Marx-Stadt (heute: Chemnitz) geboren, und ist als Pädagogin tätig. Fantasie war für sie schon immer wichtig, und das Schreiben hatte bereits seit ihrer Kindheit eine immense Bedeutung, weshalb sie begann, vor allem Fantasy- und Horrorromane zu verfassen. Sie hat mehrere Romane veröffentlicht und an einigen Anthologien mitgewirkt. Außerdem ist sie ein Mitglied des literarischen Kleeblatts (https://literarisches-kleeblatt.de/) Alles zur Autorin: http://jana-heidler.de

Rupp, Udo wurde am 10.02.1951 in Magdeburg geboren.

1958 eingeschult in die POS Barleben

1968 Abschluss der 10. Klasse und Beginn der Lehre als Heizungsinstallateur

1970 Facharbeiterprüfung bestanden

November 1970 bis April 1972 Wehrpflicht bei der NVA

1972-1973 Handelsmarine mit Fahrten nach Übersee

Danach in mehreren Betrieben als Rohrschlosser, Heizwerkschlosser, Kesselwärter, Hausmeister gearbeitet

1998 selbständiger Gastwirt

Seit 1984 geschieden, eine Tochter, zwei Enkelkinder

Er begann schon 1973 mit dem Schreiben von Kurzgeschichten. Hat seit 2008 das Schreiben fortgesetzt und ist zur Zeit befreundet mit der Magdeburger Schreibrunde.

Senf, Andrea wurde 1968 in Nürnberg geboren und -kaum ein Jahr alt- nach Kulmbach „verschleppt", worüber sie heute sehr glücklich ist.

Tagebuchschreiberin, Autorin, Ghostwriterin, Dozentin für Kreatives und Autobiographisches Schreiben, Mutter, Nusseis-Fan, seit 13 Jahren Leiterin des Kulmbacher AutorenZirkels (KAZ) und Langzeitmitglied im Kulmbacher Literaturverein e.V.

Ihre Interessen sind vielschichtig und sie haben fast alle dem Schreiben zu tun. Sie liebt Großprojekte, die man gemeinsam mit anderen bearbeitet, z.B. die Übersetzung/Herausgabe der schriftlichen Nachlässe einer Heimatdichterin, ein Film-Drehbuch für „Die Plassenburg von oben", und das KULM-Buch, Anthologie, entstanden in der Coronazeit).

Sie liebt, erlebt, versteckt, weint, lacht, lügt, betrügt, stiehlt und mordet - ausschließlich auf dem Papier, versteht sich. Kurzgeschichten sind ihr Genre. Genau betrachtet, steckt sie immer irgendwie in einer Geschichte. „Wer schreibt, lebt zweimal" ist ihre Devise.

Zu finden ist sie jederzeit auf: facebook oder auf ihrer Homepage https://schreibstube-franken.jimdo.com/

Stiewi, Dieter wurde am 05.02.1964 in Aachen geboren. Er lebte bis 1995 in Würselen, von wo aus er bis 1994 auch die RWTH Aachen besuchte, um dort das Studium des Maschinenbaus und des Wirtschaftsingenieurwesens erfolgreich abzuschließen. Zeitgleich besuchte er 1991 bis 1993 einen Fernlehrgang für Belletristik an der Axel-Andersson-Akademie in Hamburg.

1995 nahm Dieter Stiewi im Rhein-Main-Gebiet eine Stelle als Maschinenbau-Ingenieur an. Dort lebt und arbeitet er noch immer, ist glücklich verheiratet und hat zwei Kinder.

Seit 2005 schreibt Dieter Stiewi Kurzgeschichten und Romane und seit 2007 bringt er diese in vielen Lesungen an die Öffentlichkeit.

2009 schuf Dieter Stiewi mit „Schygullas Geist" die Offenbacher Kommissarin Saliha Durmaz, die im NOEL-Verlag mittlerweile ihren 4. Fall löst.

2014 gelang es ihm, mit „Königserbe" die Brücke zwischen Regionalkrimi und Historischem Roman zu schlagen. „Königserbe" ist im Gmeiner-Verlag erschienen.

Seit 2015 ist Dieter Stiewi Mitglied des Kunstvereins Offenbach.

Weizel, Silke wurde im April 1971 in Karl-Marx-Stadt geboren. Sie ist mit ihrer Geburtsstadt bis heute verwurzelt. Hier erlebte Silke Weizel eine Kindheit zwischen familiärer Geborgenheit, Natur und Wissenschaft. Ihre freie Zeit verbrachte sie bis zum Studium fast täglich im Kosmonautenzentrum, von dessen Stammpersonal und Raketenmodellsportlern sie nicht wegzudenken war. Neben ihrem Beruf im Maschinenbau liebt sie das Schreiben, die Musik und die Kunst.

Zirm, Arno betrachtet sein Schreiben von Kurzgeschichten und Gedichten als Zweithobby neben der Elektronik. Was grad so in den Sinn kommt und vielleicht brauchbar ist, wird auf der selbstgeschriebenen Webseite abgelegt. Und da liegt es halt. Ambitionen, daraus ein Buch zu machen, bestehen eigentlich nicht.

Weitere Anthologien
der Geschichtenzauber Edition:

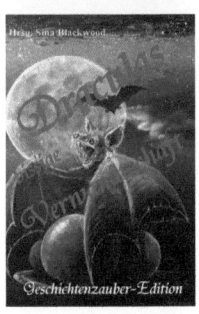  

https://www.sinas-drachen.com